共和国故事

成就标志

——人民大会堂设计施工与落成

王丽丽 编写

吉林出版集团股份有限公司

图书在版编目（CIP）数据

成就标志：人民大会堂设计施工与落成/王丽丽编. ——

长春：吉林出版集团股份有限公司，2009.12

（共和国故事）

ISBN 978-7-5463-1758-8

Ⅰ．①成… Ⅱ．①王… Ⅲ．①纪实文学 – 中国 – 当代 Ⅳ．①I25

中国版本图书馆 CIP 数据核字（2009）第 237770 号

成就标志——人民大会堂设计施工与落成

CHENGJIU BIAOZHI　　RENMIN DAHUITANG SHEJI SHIGONG YU LUOCHENG

编写　王丽丽

责任编辑　祖航　林丽

出版发行　吉林出版集团股份有限公司

印刷　三河市嵩川印刷有限公司

版次　2010 年 1 月第 1 版　　　　　2022 年 1 月第 10 次印刷

开本　710mm×1000mm　1/16　　　印张　8　字数　69 千

书号　ISBN 978-7-5463-1758-8　　　定价　29.80 元

社址　吉林省长春市福祉大路 5788 号

电话　0431 – 81629968

电子邮箱　tuzi8818@126.com

前　言

　　自 1949 年 10 月 1 日中华人民共和国成立至今,新中国已走过了 60 年的风雨历程。历史是一面镜子,我们可以从多视角、多侧面对其进行解读。然而有一点是可以肯定的,那就是,半个多世纪以来,在中国共产党的领导下,中国的政治、经济、军事、外交、文化、教育、科技、社会、民生等领域,都发生了深刻的变化,中国人民站起来了,中华民族已屹立于世界民族之林。

　　60 年是短暂的,但这 60 年带给中国的却是极不平凡的。60 年的神州大地经历了沧桑巨变。从开国大典到 60 年国庆盛典,从经济战线上的三大战役到经济总量居世界第三位,从对农业、手工业、资本主义工商业的三大改造到社会主义市场经济体制的基本确立,从宜将剩勇追穷寇到建立了强大的国防军,从废除一切不平等条约到独立自主的和平外交政策,从"双百"方针到体制改革后的文化事业欣欣向荣,从扫除文盲到实施科教兴国战略建设新型国家,从翻身解放到实现小康社会,凡此种种,中国人民在每个领域无不留下发展的足迹,写就不朽的诗篇。

　　60 年的时间在历史的长河中可谓沧海一粟。其间究竟发生了些什么,怎样发生的,过程怎样,结果如何,却非人人都清楚知道的。对此,亲身经历者或可鲜活如昨,但对后来者来说却可能只是一个概念，对某段历史的记忆影像或不存在，或是模糊的。基于此，为了让年轻人，特别是青少年永远铭记共和国这段不朽的历史，我们推出了这套《共和国故事》。

《共和国故事》虽为故事，但却与戏说无关，我们不过是想借助通俗、富于感染力的文字记录这段历史。在丛书的谋篇布局上，我们尽量选取各个时代具有代表性或深具普遍意义的若干事件加以叙述，使其能反映共和国发展的全景和脉络。为了使题目的设置不至于因大而空，我们着眼于每一重大历史事件的缘起、过程、结局、时间、地点、人物等，抓住点滴和些许小事，力求通透。

历史是复杂的，事态的发展因素也是多方面的。由于叙述者的视角、文化构成不同，对事件的认知或有不足，但这不会影响我们对整个历史事件的判断和思考，至于它能否清晰地表达出我们编辑这套书的本意，那只能交给读者去评判了。

这套丛书可谓是一部书写红色记忆的读物，它对于了解共和国的历史、中国共产党的英明领导和中国人民的伟大实践都是不可或缺的。同时，这套丛书又是一套普及性读物，既针对重点阅读人群，也适宜在全民中推广。相信它必将在我国开展的全民阅读活动中发挥大的作用，成为装备中小学图书馆、农家书屋、社区书屋、机关及企事业单位职工图书室、连队图书室等的重点选择对象。

编　者
2010 年 1 月

七、正式启用与发挥职能

一、 中央决策与落实行动

● 参加这次会议的有副市长冯基平、计委主任
王纯、建委主任赵鹏飞、建工局副局长张鸿
舜、市政工程局局长贺翼张、市规划管理局
局长冯佩之，还有市建筑设计院院长沈勃。

● 周恩来说："大会堂要看得好，听得好，是
不是可以采用这种形式？"说着，他用笔在
纸上画了一个近似的马蹄形，"你们研究一
下，是不是这样好一些？"

● 万里强调："我们要遵照周总理'精心设计、
精心施工'的重要指示，鼓足干劲，力争上
游，多快好省地全面完成任务。"

中央北戴河会议决定修建"国庆工程"

1958 年 8 月 17 日，在河北省秦皇岛的北戴河，中共中央政治局召开扩大会议。

中央政治局委员，各省市、自治区党委第一书记，以及政府各有关部门党组负责人参加会议。北京市委第一书记彭真和第二书记刘仁同志也前往参加。

这次会议主要讨论 1959 年国民经济计划以及当前工业、农业、农村工作，商业工作，教育工作和加强民兵工作等问题。

为适应国内外政治经济形势的发展需要，也为庆祝中华人民共和国成立十周年，会议决定，在北京建设一批包括万人大会堂在内的十项重点建设工程，名为"国庆工程"。会议要求，这些重点工程，必须在 1959 年国庆节前竣工并交付使用。

中央直接将这个艰巨的任务交由北京市人民政府负责承办。北京市委第一书记彭真欣然接受。

这是一个令人振奋的消息，也是令人焦急的消息，因为距国庆十周年大庆的时间已经很短了。彭真和刘仁都陷入了沉思。

在距离 1959 年的国庆节只剩下不到 400 天的时间里，全凭中国人自己，在这么短的时间内建起十座庄严美观、经得起时间考验的建筑，这个任务确实很难。

1958 年 9 月 5 日，中共北京市委书记处书记、副市长万里同志在市政府召开会议，传达中央关于筹备庆祝建国十周年的通知，要求在建国十周年到来之前建好大会堂、革命博物馆、历史博物馆、国家剧院、军事博物馆、科技馆、艺术展览馆、民族文化宫、农业展览馆，加上原有工业展览馆（即北京展览馆）共十大公共建筑。另外还要兴建一座国宾馆，供参加十周年国庆的各社会主义国家领导人居住。

参加这次会议的有副市长冯基平、计委主任王纯、建委主任赵鹏飞、建工局副局长张鸿舜、市政工程局局长贺翼张、市规划管理局局长冯佩之，还有市建筑设计院院长沈勃。

这次会议认为：由于时间十分紧迫，除建筑材料、施工机械要立即准备外，设计工作是关键，故决定召开设计人员动员大会，发动大家献计献策，以便尽早提出设计方案。

万里强调为国庆十周年献上厚礼

1958年9月5日，党中央开始"国庆工程"的规划和设计。北京市常务副市长万里组织召开北京市城建工作领导干部会议。会上，万里传达了党中央筹备庆祝建国十周年的有关通知，要求北京市所有单位紧急动员起来，全力以赴做好承建国庆十大重点工程的各项工作，努力完成党中央赋予的光荣任务，为国庆十周年献上北京市人民的一份厚礼！

9月8日，万里在中央电影院，即现在的北京音乐厅召开动员大会，在京的所有设计单位与施工单位的各级领导干部和工程技术人员1000多人参加了大会。除了组织北京的34个设计单位外，还邀请了上海、南京、广州、辽宁等省市的数十名建筑专家共同商议方案创作。与会者对工程先后提出了400多个规划设计方案。

万里讲话中要求，承接国庆十大工程设计任务的有关单位，在规划设计上，既要实用美观，又要讲究建筑艺术；既要具有民族风格，又要确保工程质量。要求各施工单位迅速调集力量，力争10月份各个工地全面破土动工，并在保证质量的前提下，注意勤俭节约。万里最后强调：

我们要遵照周总理'精心设计、精心施工'

的重要指示，鼓足干劲，力争上游，多快好省地全面完成任务。从现在开始，要打破常规，采取边设计、边备料、边施工的建设方针，抓紧进行施工。北京市的各行各业要做好后勤服务工作，力保十项工程的顺利进行。

9月15日，为进一步明确工程项目的范围和落实设计任务，万里组织召开有北京市建委主任赵鹏飞、北京市规划管理局长冯佩之、北京市建工局副局长张鸿舜、北京市建筑设计院院长沈勃等有关领导参加的研讨会。根据中央的精神，与会人员经过反复商讨，确定了十项重点工程的项目，并准备上报中央审定。

经中央审定，调整的十大建筑工程是：人大会堂（当时的提法）、中国革命历史博物馆、中国革命军事博物馆、全国农业展览馆、北京市工人体育场、钓鱼台国宾馆、华侨大厦（现已拆除重建）、民族饭店、民族文化宫、北京火车站。同时，还决定电影宫和工人体育场为争取项目。

中央还对各项工程进行分工，决定把农业展览馆、电影宫等的技术设计和施工图纸交由建工部领导工业设计院负责，其余工程则全由北京市建筑设计院负责解决。

北京市各设计单位立即传达动员令

接到承建国庆工程项目的北京设计院党委经过研究，将本院工作分成几项，决定把设计院承担的各个国庆工程项目交由沈勃负责领导；由张镈总工程师负责领导大会堂的建筑设计；朱兆雪总工程师负责领导结构设计；甘东负责领导思想政治工作。同时，迅速确定各专业设计的负责人。

北京市建筑设计院院长沈勃接到任务后，迅速同与会各单位负责人交换意见，并向他们通报各项国庆工程的规划位置图及有关设计的简要资料。

北京市各设计单位也立即向本单位职工传达了动员令，迅速组织技术尖子进行方案设计。在当时，参加方案设计的单位共有 34 个。

北京市各设计单位的职工都投入紧张的设计任务中，个个废寝忘食，充分发挥自己的聪明才智，争取拿出最好的设计方案设计出人民大会堂，为国庆十周年献上一份大礼。

9 月 6 日，北京市规划管理局局长冯佩之向规划管理局有关人员传达了北京市城建工作领导干部会议的精神。规划管理局随即开始为十大建筑选址，特别是着重做出了大会堂和革命历史博物馆建在天安门广场两侧的设计规划。

其实，早在 1958 年 7 月，中共北京市委就派出了一个城市建设考察团去苏联考察。这个团的总负责人便由市规划管理局局长兼设计院院长冯佩之担任，北京市建筑学会副理事长、党组书记沈勃是考察团成员之一。中共中央希望他们能从苏联的建筑中吸取可供借鉴的经验。

冯佩之与沈勃带领的赴苏联考察团回国后，立即投入了这一工作。当时，设计院的人在设计过程中提出的主要问题有三个：一是万人礼堂的停车问题如何安排；二是大会堂应有哪些主要功能；三是应该采用什么建筑形式。

对于此次工程的紧迫性和重要性，北京各单位都很明确。他们积极响应党中央号召，准备为国庆工程建设打一场硬仗。

建筑师云集北京数易设计方案

1958 年 9 月 20 日，在北京市规划管理局的五楼，陈列着来自全国的建筑专家设计的 100 多张图纸，规划管理局邀请所有专家前来参观。之后，又组织他们举行设计座谈会，希望专家多提设计方案的具体修改意见。

早在 9 月 10 日，为了参加这次设计方案座谈会，各省、市、自治区的建筑专家便陆续抵京。参加这次设计工作的有上海的建筑专家赵琛、金经昌、黄作燊；江苏的建筑专家江一麟、杨廷宝；湖北的建筑专家鲍鼎、殷海云、王秉忱；广东的建筑专家林克明、陈伯奇、黄远强；辽宁的建筑专家毛梓尧；吉林的建筑专家郑炳文；浙江的建筑专家陈植；河北的建筑专家徐中、邬天柱；陕西的建筑专家洪青；甘肃的建筑专家杨耀；北京的建筑专家梁思成、张镈、张开济、杨锡镠、林乐义、王华彬、陈登鳌、吴良镛、赵冬日等人。

各参会专家积极响应党的号召，献计献策，都想为国庆工程贡献自己的一份心意。有的专家甚至比会议时间提前一天到京。当天晚上，这些专家被安排在和平宾馆住宿。

9 月 11 日晚间，北京市规划管理局局长冯佩之、北京市建筑设计院院长沈勃来到和平宾馆，向各位专家详细介绍了有关情况，明确具体任务，并要求大家在 5 天内设计出第一稿方案。建筑设计院考虑得很周到，他们特意搬来画板和画架，方便专家们讨论。专家们非常兴奋，有些专家当即行动起来，开始进行方案设计。

9 月 15 日，第一稿方案如期完成。方案送到市委，请刘仁、郑天翔、万里等审查。市委没有发表什么意见，要求各位专家一定要解放思想。在听取有关领导的审查意见后，专家们很快又完成了第二稿设计。外地有些老专家，还打电话给北京市，要求年轻助手帮助设计第二稿方案。

有关部门还把邀请的专家分为三个组：由梁思成先生牵头做革命历史博物馆的设计方案；由杨廷宝先生牵头做大会堂的设计方案；由赵琛先生、陈植先生牵头做国家剧院的设计方案。

许多专家虽然做过不少工程设计工作，但是从来没有设计过如此规模宏大和高质量的建筑物，所以第三稿出来后，大家仍觉得保守和呆板。再加上老专家们都不好意思相互提意见，所以设计方案进展效果并不明显。

9 月 26 日，刘仁、万里邀请全国文联主席周扬和文化部部长钱俊瑞来审查三稿设计图纸和模型，力图打破老专家们都碍于情面不愿相互提意见的局面，加快设计进度。与此同时，冯佩之、沈勃、金瓯卜、李正冠、刘小石五人组成领导小组，支持国庆工程的设计工作。

全国文联主席周扬和文化部部长钱俊瑞看完后，一致认为，这些设计方案都需要修改，思想不够解放，需要更广泛地发动群众参与创作。设计方案一时定不下来，各方面都很着急。

周恩来在9月底指示：

> 要进一步解放思想，除了老专家之外，发动青年设计师参加方案设计。

这个指示提醒了北京市委第二书记刘仁等领导同志。刘仁亲赴清华大学，动员建筑系的青年教师参加方案设计工作。与此同时，市规划管理局局长冯佩之也在局里进行动员，号召青年建筑师都参加这一设计行动。

当晚，刘仁来到清华大学，要求校党委在帮助老专家进一步解放思想的同时，组织一批青年建筑专家大胆提出自己的设计意见。很快，一批年轻的建筑专家便被召集到规划管理局，开始了新一轮的设计工作。

年轻人思维活跃，老框框少。他们受到周恩来总理指示精神的鼓舞，针对老专家们的设计方案，大胆地提出自己的意见，使设计工作获得很大进展。不到三天时间，第四稿的设计方案就放在了北京市委的办公桌上。

但是，新老专家并没有完全达成一致意见，在许多点上都存在争议，主要体现在以下几个方面：

一是大会堂的地基是在天安门前正阳门部位，还是在天安门广场西侧；二是大会堂的高度是否可以超过天安门；三是大会堂和革命历史博物馆的距离是 350 米、400 米，还是 500 米；四是大会堂要不要大屋顶；五是纪念碑左右是摆两个建筑物还是摆 4 个。

在通过市委审定的同时，专家组在四稿的基础上作出如下决定：

一是大会堂的位置在广场西侧，包括宴会厅、会议室等辅助设施；二是大会堂的高度可以超过天安门，但要注意协调；三是大会堂和革命历史博物馆的距离为 500 米；四是纪念碑左右各摆一个建筑物；五是在形式上要尽量发挥大家的创造积极性。

根据市委指示，专家组随即又拿出第五稿方案。上级对专家组提出的"大会堂正门中心是否正对纪念碑的中心""宴会厅的位置在大会堂南边还是北边""大会堂和革命历史博物馆是否完全对称"三个问题予以答复："大会堂正门中心不要正对纪念碑，其余问题可发动建筑专家们进一步研究。"

此后，专家组又在 10 月 4 日拿出了第六稿方案。

10 月 6 日，国庆工程设计总指挥部将大会堂、革命历史博物馆和国家剧院的第六稿方案送到中南海总理办公室，请周恩来审定。

周恩来听了汇报后，又认真地看了各个方案，然后指着北京建筑设计院的方案，用商量的口气说："大会堂是不是这个方案比较好一些?"同时又指着一个设计有大屋顶的方案说："这个可以作美术馆的建筑形式。"接着又说："革命历史博物馆可以和大会堂基本对称，但建筑面积要小一些，做成一实一虚。"

关于万人大会堂内部的形式，设计方案有圆形、方形、六角形、扇形和椭圆形等形状。周恩来审视了一会儿又说："大会堂要看得好，听得好，是不是可以采用这种形式？"说着，他用笔在纸上画了一个近似马蹄的图形，"你们研究一下，是不是这样好一些？"

从中南海回来后，根据周恩来的指示，专家组又做出了第七稿方案。

10 月 9 日，当第七稿方案送交总理同意后，专家组选取七稿中较有特点的 8 个方案，制成照片，向全国 27 个省及一些大城市进一步征求意见。

经过探讨，专家组共做出 84 个平面图，189 个立体图。之后又请清华大学、北京建筑设计院和北京市规划管理局分别组织有经验的建筑师，在发往全国的 8 个方案的基础上各做一个综合方案，以便最后提请总理审定。

至此，来北京参加国庆工程设计的外地专家也陆续离京。

二、 设计审定与意见统一

● 周恩来拿着三个设计方案，在明亮的灯光下，经过反复对比审查，他选中了规划管理局的设计方案。

● 梁思成对周恩来总理说："把一个孩子按比例放大一倍，他也不是个大人，大会堂就犯了'小孩儿放大'的毛病。"

● 彭真说："有人说大礼堂太高，人显得渺小。天不是很高吗？我站在天安门广场怎么不觉得自己渺小呢？"

周恩来、刘仁初选设计方案

1958 年 10 月 14 日，刚从外地返京的周恩来通知规划管理局连夜召开会议，审查大会堂的设计方案。

北京各设计单位迅速上交了许多设计方案，全部设计方案首先经过北京市第二书记刘仁的筛选。

在当晚 10 时，共有三份设计方案送达中南海西花厅，送到了周恩来总理的手里。这三份设计方案除了规划管理局的之外，还有北京市建筑设计院和清华大学建筑系的两份方案。

在三个设计方案中，规划管理局的设计方案将面积扩大了 10 万平方米。

这个方案是由著名建筑师赵冬日和他的同事们设计的。任规划管理局技术室主任的赵冬日按照刘仁的大胆设想，即"7 万平方米的建筑面积，不去考虑。140 米 × 270 米的规划用地，也不去考虑。打破樊篱、另起炉灶，设计一座全新的万人大会堂"。按照这个思路，赵冬日和同事们很"舒服"地做出了新的设计方案：

大会堂平面呈"凸"字形，由北向南依次排列大宴会厅、大礼堂和常委会办公楼，三部分与中央大厅相连，宴会厅放到二楼，大礼堂移至中央偏西的位置。

至于立面方案，则沿用了前几轮设计中曾获得总理首肯的西洋柱廊式结构。

规划管理局的方案完美地解决了此前大会堂设计过于"小气"的问题，只是支撑这恢宏气势的，是高达17万平方米，超标两倍有余的建筑面积。原来和博物馆"配套"的用地规模也突破了210米×340米，比之前几乎扩大了一倍。

周恩来拿着三个设计方案，在明亮的灯光下，经过反复对比审查，他选中了规划管理局的设计方案。周恩来总理主要考虑到两点：

一是规划管理局设计的大会堂全部采取了一般建筑的比例，而在尺度上大胆地放大了一倍，显得气势非凡；

二是在大会堂的中心安排了宽敞的中央大厅，既可作为休息大厅使用，还能举行纪念活动。

周恩来总理看中的就是规划管理局设计方案中的两大"亮点"。但随即，这两大"亮点"就在中国建筑界掀起了轩然大波。

对此，周恩来总理似乎早就预料到了。

周恩来总理从选定规划管理局的设计方案那一刻起，他就反复叮嘱参与下一步施工设计的建筑师们，不要把大会堂的设计做绝了，要留有余地，充分体现了周恩来总理考虑问题周全的办事风格。

在10月15日的凌晨1时，就在周恩来总理选定规划管理局设计方案仅仅数小时后，设计方案就进行了第一次修改。

　　在设计图纸上，大会堂北端宴会厅的宽度是 108 米，而大会堂北墙与中山公园间的距离足足有 180 米。对此，刘仁认为两者不成比例，在不影响整体结构的前提下，应给大会堂加四条"腿"，使整个建筑由"凸"字形变为了"出"字形。

　　根据修改后的设计方案，大会堂的面积从 7 万平方米扩大到 17 万平方米。

周恩来主持召开专家扩大会议

1958 年 11 月初，周恩来在御河桥交际处，即当年袁世凯签署"二十一条"的地方，召开了专家扩大会议。

当时由于时间仓促，刘仁确定的 17 万平方米方案没有交给专家论证。一时间，京沪两地建筑界的专家学者对此议论纷纷，书面意见像雪片一般飞到周恩来总理的办公桌上，大家几乎把所有的矛头都指向大会堂的这个"大"字。

"放大一倍"和"中央大厅"本来是周恩来选中规划管理局设计方案的两大关键，然而却成了与会专家们质疑的中心。为了向大家解释清楚，平息这场争论，周恩来总理特别主持召开这次会议，讨论大会堂的设计问题。

设计专家梁思成拿着笔走到周恩来总理面前，在纸上画了个头大身子小的小孩儿形象。他对周恩来总理说："把一个孩子按比例放大一倍，他也不是个大人，大会堂就犯了'小孩儿放大'的毛病。"

梁思成还说，罗马的圣彼得大教堂也用了"尺度放大"法，人一进去立刻觉得自己微不足道，仿佛到了"巨人国"。这样的方法用来表现神权无可非议，用在"人民性"第一的大会堂上就很不适宜了。

　　北京工业设计院总建筑师王华彬教授也站起来，对中央大厅的设计提出看法，他认为这是"大而无当"。他说："从大门走到大礼堂一共要经过五道门，有多少亮光都被挡在外面了，中央大厅竟然有 180 根柱子，既无用又挡光。光线不足就要依靠人工采光，又是一笔浪费。"

　　面对专家们连珠炮似的质疑，周恩来没有从正面回应，他回答说："圣彼得教堂是神权社会的产物，有意识地使教徒进入之后感觉天主伟大、自身渺小。我们不同，人民是国家的主人，大会堂空间、体型、面积扩大一倍之后同样要注意由内而外体现'平易近人'四字，不要故弄玄虚，让人成了物的奴隶。"

　　建筑专家张镈对周恩来总理的话表示赞同。对于大会堂的"大"，张镈从纯建筑学的角度做出很有说服力的解释。他说："大会堂的庞大体型是由广场的超大面积决定的，因为从来没有在如此巨大的空间中安排建筑的先例，大会堂的'放大一倍'也只是一种大胆的尝试。"

　　张镈停了停，他是想大家思考一下他说的话，他接着说："在特大空间运用'正常尺度'的建筑物是有失败先例的，比如伪满洲国曾经在长春郊外建了自己的首脑机关。那是一个又深又宽的广场，却在两厢排列了一串普通大小的西洋古典柱式石建筑，不但衬得广场空旷荒芜，更显得房子'小鼻子小眼'，十分寒酸。其实每栋建筑单看都不错，放在广场上整体考量就显得很难看了。"

　　关于"大"的争论刚刚告一段落，设计专家梁思成又站起来，对大会堂的整体风格又提出了更加尖锐的批评。

梁思成说："建筑分为四种，即'中而新''中而古''西而新''西而古'，对于中国的现代建筑来说，最不可取的就是'西而古'。可是大会堂几乎是个文艺复兴建筑的'复刻版'。"

梁思成越说越激动，他道："不要以为在细部加上几个斗拱、琉璃、彩画，它的风格就成了中国的。"

对于梁思成提出的问题，周恩来用建筑学的例子巧妙地回答说："塔就是印度传来的，经过几千年本土化的发展，反而成了最有代表性的中国建筑之一。我们中华民族之所以伟大，就在于善于吸收他人经验，活学活用。在大会堂的建筑风格上，我们应该提倡'中外古今，一切精华，含包并蓄，皆为我用'。"

紧接着，周恩来给在座的专家讲了个"画菩萨"的故事。他说："早年间的菩萨是印度人的形象，还有两撇胡子，老百姓都不满意。画师于是张画于市，自己躲在画后偷听评论，经过反复修改，才成就了今天'中国菩萨'的模样，但最终却为大众所接受。"

周恩来运用自己的智慧和事实依据，巧妙地平息了这场争议。接着，他又根据一些专家的局部修改意见作了修正，使规划管理局的设计方案得以顺利通过。

城市建设委员会再次组织会商

1959 年 1 月 6 日，城市建设委员会邀请相关单位，在科学礼堂召开会议，再次对设计方案进行会商。

这次会议由国务院副秘书长齐燕铭主持，主要就规划管理局第二次修改完毕的设计方案再次进行讨论。为了顺利通过修改方案，城市建设委员会因此邀请相关专家进行审定。

齐燕铭在会上首先说："时间紧迫，由于设计上存在一些缺点，希望各方面爱护这一建筑，大家共同努力，把它搞得更好。"

梁思成首先发言，他说："新做的设计方案'古而西'去掉了不少，比原方案好。"

建筑专家王华彬站起来说："人大会堂的特点是面积大，尺度高，柱子多，窗子少，声音通风都不好。面积从 7 万平方米搞到 17 万平方米是否有浪费，柱子高达 26 米，看起来还很细；礼堂 30 米高，人在里面好像坐在天底下，显得太渺小；从门厅到里面，过五关，一点儿光亮也没有。"

王华彬建议说："中央大厅最好能开天窗，用平顶玻璃采光，面积大。两旁柱子可以取消，做贴墙柱，美观又节省。"

建筑专家朱兆雪则认为："原来的设计方案朴素大方，如果没有柱子，雄伟气派就没有了，简直就是个大工厂。"

建筑专家沈其说："'古而西'这种论调是用一种概念来约束人的创造力，西洋有的东西不见得中国就不能有了，有了廊和柱不见得就成了西洋的。"

雕塑专家刘开渠、美术家钟灵等都同意原方案，他们也认为不管是西洋的还是中国的，都可以去粗取精地拿来应用。

直到最后，大家对平面布置、使用面积和艺术形式都没有取得一致意见。

周恩来、彭真召集专家定夺方案

1月初的一天，周恩来和彭真去找齐燕铭、周扬、赵鹏飞、沈勃、朱兆雪等研究设计方案。

周恩来就设计方案的具体问题提出了许多意见。比如人大会堂的顶棚，设计人员没有办法处理；音响方面的专家说空间太大，声音没有办法处理，必须加大压缩；还有的艺术家说，观众厅太高，人在里面显得很渺小。

彭真说："有人说大礼堂太高，人显得渺小。天不是很高吗？我站在天安门广场怎么不觉得自己渺小呢？"

周恩来说："我们站在天底下不觉得天高，站在海边不觉得水远。天是圆的，圆曲而下，应该从舒适开朗着眼，在尺度比例上取得协调，水天一色，浑然一体，好不好呢？"说完，他还是勾了一个马蹄形的样子。

1月20日，周恩来和彭真在市人民委员会交际处召集在京建筑、结构专家和美术家座谈，就不同看法听取意见。出席会议的有：齐燕铭、连贯、刘秀峰、金瓯卜、林乐义、邓恩成、刘开渠、梁思成、汪坦、刘小石、万里、冯基平、吴晗、王昆仑、赵鹏飞、佟铮、冯佩之、张鸿舜、沈勃、杨润景、徐康、赵冬日、朱兆雪等人。

会上，周恩来首先站起来发表讲话，他说："听说大家对人大会堂还有很多意见，这个房子如果有缺点，大家就当有病的孩子来对待，首先考虑治病的问题。"

周恩来对建筑物的安全问题非常在意。在会议上，他多次强调建筑物的安全问题，还逐个问各位专家："这个建筑垮得了还是垮不了，能保证多少年？"

　　问完后，周恩来接着说："人大会堂这么个房子有两个关键，一个是垮得了与垮不了，一个是好看与不好看，垮不垮是主要的。大会堂的寿命起码要比故宫、中山堂长，不能少于350年。"

　　周恩来对施工、技术等问题也作出了指示。关于建筑形式，周恩来说："一个建筑物总要有它自己的风格，要做到人人满意那很难，只要盖起来不垮，又适用，尽可能漂亮一点，就不能反对它。大家对这一点要取得一致意见，否则就会争论不休。"

　　最后，彭真也站起来，发表讲话。他说："古今中外一切精华为我所用，只要能融会贯通，符合适用、经济、美观的方针就行。中国各民族有个特点，就是善于学习外国的东西，并且能使之变成自己的。也只有这样，我们才能超过国外。我们的思想要完全解放，不断地吸收中国、外国的成分，不断地创造，不断地实践，我们终究会走出一条中国的建筑路线来的。中国革命的路线就是在革命的实践中，从成功和失败的斗争中总结出来的。我们的建筑路线就是古今中外，凡是正确的我们都吸收。办法是：有领导地集思广益，走群众路线。人大会堂的设计就是要吸收大家的意见。"

　　彭真还指出：这个建筑物安全第一，质量第一。首

先是基础，无论是主料和零件料都要注意质量；其次是结构，施工要特别注意结合部，应该严格地进行检查；第三是材料，设计要计算准确，木材要干燥的，不合格的不要用；建筑色彩是个大问题，也要给予充分注意，既要庄重又要有朝气，活泼而不轻佻，要能反映中华民族的朝气蓬勃与踏踏实实的作风。

周恩来最后说，受客观条件所限，现在对大会堂设计要求只剩下一个了，那就是"万人开会、5000 人用餐、8 个月盖完"。如果大家仍旧有意见，"好在我们的建设量会很大，可以在别处再试，这里就不必再动了吧！"

周恩来和彭真站在政治高度的一番诚恳交流，最终科学地处理了关于大会堂的各种意见。随着时间的推移，大会堂和天安门广场的"大"也得到了专家们的认可。

几年之后，梁思成在一篇文章中这样写道：

新的社会制度和新的政治生活的要求改变了中国建筑史的尺度概念，当然，这种新概念并没有忽视"生物的人"的尺度，也没有忽视广场上雄伟的天安门的尺度。在这种新的尺度概念下，1958 年 9 月，中国的建筑师们集体建设了广场和它两侧的两座建筑物。

三、破土动工与三边建设

● 10 月 28 日，天还没亮，人大会堂工地上已是红旗招展，人头攒动，几千名建设者开始奋战在各自的工作岗位上。

● 万里说："前一阶段强调解放思想是很有必要的，它对设计技术和艺术水平的提高起了很大的推动作用。"

北京市委宣布大会堂工程动工

1958 年 10 月 27 日下午，北京市副市长冯基平和北京市城建委主任赵鹏飞主持召开人大会堂工程会议。会上，市建筑工程局和市政工程局详细汇报了工程设计和施工准备情况。

会议最后决定：

人大会堂工程于 1958 年 10 月 28 日正式开工。

10 月 28 日，天还没亮，人大会堂工地上已是红旗招展，人头攒动，几千名建设者开始奋战在各自的工作岗位上。机械挖土和人工清槽同时并举，劳动号子声、指挥哨子声、汽车鸣笛声、广播喇叭声，与对面建设中国革命历史博物馆的施工现场一起汇成了一支沸腾的劳动交响曲。

人大会堂顺利开工与各单位对施工现场的前期准备工作做得好密不可分。

人大会堂现场当时有平房 3993 间，住有许多个单位和 1000 多户的老百姓，占地面积约 15 公顷。从 9 月 1 日开始，仅用 10 天时间，所有居民和单位就全部腾空了自己的用房。

9 月 15 日，清运队伍进入现场。工人们怀着极大的劳动热情，用独轮车、平板车、马车和部分 4 吨卡车轮班作业，经过 9 个昼夜的奋战，将原有建筑物、树木等全部拆除并清运完毕。

10 月 17 日，建筑组就绘制出柱网尺寸图，并把建筑位置放线图交给施工单位。

10 月 25 日，承接人大会堂施工任务的第一建筑工程公司接到了基础刨槽设计图，在建工局其他公司的配合下，选拔了各路精兵强将，进行了战前动员，组织了几千人的施工大军开进天安门前的施工场地，陆续放线，准备挖槽开工。

为了保障工程快速有序地进行，在周总理亲自牵头下，还成立了人大会堂工程施工总指挥部，北京市建筑工程局副局长张鸿舜为总指挥。

总指挥部下设四个分指挥部分工负责：第一"分指"负责北段宴会厅部分；第二"分指"负责中段西部大礼堂部分；第三"分指"负责中段东部中央大厅部分；第四"分指"负责南段人大办公楼部分。

来自全国各地的能工巧匠们开始与时间赛跑，他们既要按时完成工程，又要保证人大会堂的总体质量。

在完成这一工程的过程中，施工设计人员遇到了很多难题，为此他们打破常规，创造了许多革新的设计施工方法，以确保在如此紧迫的期限内，完成这项史无前例的特殊工程。

挖土方和浇灌混凝土战役

在设计单位交出第一张图纸的第二天，工地上就大规模地开槽施工了。机械和人力同时并举，工人和干部全体动手，连炊事员和一些来京探亲的工人家属也都主动参加了挖土方大战。

在槽底下面，工人们挖掘出残存的辽、金和元朝的旧河道，黑臭的淤泥足足有 5 米深。工人们不怕脏，不怕累，用独轮车、平板车、水桶、脸盆等简陋的工具将淤泥一点点往外挖。他们夜以继日地投入工作，仅一个月时间就挖出 30 多万立方米的土方。

在土方和基础工程接近完成、框架结构工程开始不久的时候，建设者们又立即投入另一个战役，即浇灌宴会厅"井"字梁的混凝土。

这时，建设者遇到困难：要将 1000 多立方米的混凝土一气浇成一个坚实的整体。这个坚实的整体要承担比一个足球场面积还大的宴会厅的全部重量，所以要求绝对保证质量。

任务确实艰巨。这个"井"字梁宽 50 厘米，深 2.35 米，长 48 米和 54 米。从断面上看，125 根钢筋，密集在"井"字梁的上部和底部。钢筋之间最大的空隙为 8 厘米，刚够插进一根振捣棒，最小的空隙连杏核大的石子也漏不进去。

如此密集的钢筋网，怎样才能把混凝土一下灌到底并绝对保证质量呢？这让好多工人犯了难，连最有经验的老混凝土工也没有把握。有些人急得团团转，有些人在思考。

看到这种情况，工地党委反复地向群众进行"战略上藐视困难、战术上重视困难"的教育，并以党支部书记为首组织"井字梁战斗指挥部"。领导干部深入群众，同技术人员、老工人一起开"三结合会"。

经过多次研究和讨论，他们终于找到可行的办法：在梁腹两侧的模板上，各开一排倒"八"字形的斜坡口，让混凝土从斜坡通过梁腹比较稀疏的钢筋网，灌入梁底。这样，就避免了从上往下灌时发生混凝土分离的现象。

"浇灌井字梁"的战役开始了。现场四周贴满了工人创作的表达自己壮志豪情的诗歌，人们以高度的革命乐观主义精神参加这一工程建设。

此时，搅拌机的声音，振捣器的声音，运混凝土的小车往返飞奔的声音，人们互相鼓励、挑战加油的声音，组成了一支雄壮的战斗交响乐。

繁忙热闹的景象并没有使工人们粗心大意。备料的工人们细心地把推料用的小车都过了磅，在称砂石时就像称白面一样仔细认真，以保证混凝土的砂石配合比例正确无误。

很多人眼睛熬红了，衣服被汗水湿透了，到休息时间也不肯回去休息。人们就是这样不怕困难，夜以继日地连战 33 个小时，终于比计划提前 39 个小时完成了任务。

在"浇灌井字梁"的任务完成以后，人们紧接着投入到建筑大礼堂的战斗中。

为了和时间赛跑，人们改变了常规，除夕之夜，他们自动地放弃了回家团聚的机会，工人们冒着刺骨寒风在工地上紧张施工。

漫天大雪，在 40 米高的脚手架上，工人们轮班连干三天三夜，高质量地完成了浇灌大礼堂舞台口 9 米高、32 米长的钢筋混凝土大梁的任务。

万里强调要节约材料和控制造价

11 月 16 日，万里、冯基平、赵鹏飞召集部分人开会，讨论国庆工程材料问题。

万里在会上作了重要讲话，强调要降低造价。他说：

> 前一阶段强调解放思想是很有必要的，它对设计技术和艺术水平的提高起了很大的推动作用；但目前的问题是存在着脱离实际、脱离群众的倾向。因此，必须注意以下四点：
>
> 要降低造价，压下不考虑经济的风气；
>
> 用材料要分两步走；
>
> 迅速确定材料，并力争在时间容许的条件下讲求艺术效益；
>
> 在不影响质量条件下，为不浪费一吨钢、一吨水泥而斗争。

这次会议很重要，迅速纠正了设计工作中一些不切实际的过高要求。

原来，在 10 月 29 日，大会堂工程主要材料初步算出后，送交给国庆工程办公室审查。国庆工程办公室负责人赵鹏飞接到材料单报表后，仔细查看各项工程的材料

预算和准备情况。当他看到工程材料预算总数时，发现大会堂工程主要材料连同其他国庆工程一起，所需数量大大出乎预算。

这个问题引起赵鹏飞的高度重视，因为国家建委此时对大会堂工程的造价和建筑面积抓得很紧，要求每平方米造价不得超过 500 元，总造价不得超过 8400 万元，面积控制在 16.8 万平方米以内。

赵鹏飞迅速将这一情况反映给万里，并在 10 月 31 日组织国庆工程设计领导小组专门召开会议，讨论材料问题，要求重新复核品种数量和清单，并要求尽可能少用花岗岩、大理石。

万里得知情况后，要求各国庆工程设计组对设计需要进行一次复查和讨论，不要好高好大、脱离实际，必须十分注意节约材料和控制造价，要为节约每一吨水泥、钢材而奋斗。

根据万里的指示，设计组又重新对自己的设计方案进行了相应的调整。

在结构方面，设计组决定采用单独基础和刚性连续梁基础相结合的办法，降低原设计的刚性基础地梁厚度的三分之一，基础垫层厚度也从 40 厘米改为 25 厘米；在不影响质量的前提下，钢筋混凝土基础从原来的 6 万立方米减为 4.5 万立方米。仅此一项就节约混凝土 1.5 万立方米，同时还使全部基础施工提前了 10 天完成。

其他设计专业组，也同 11 月 13 日成立的科技委员会进行认真讨论，降低了原来设计过高的要求。比如：暖卫方面降低了温度和湿度的要求；照明方面把拍电影和经常使用的光源分开设计，以节省用电等。

　　由于各级领导人抓得很紧，在设计工作中杜绝了一些不切实际的过高要求，因而切实节约了国庆工程的材料费用。

总指挥部 "三边建设" 赶进度

大会堂进入施工阶段后，周恩来总理亲自过问。

工程总指挥部打破常规，研究并制定了一套创造性的 "三边建设" 方法，即边设计边供料边施工的新方法。

这是因为，人大会堂工程与一般建筑大有不同，进入正式设计、施工阶段时，问题成堆，千头万绪，错综复杂，而时间紧迫，不容反复，必须创造出一套革新的设计施工方法，才有可能在如此紧迫的期限内，完成这项史无前例的特殊工程。

"三边建设" 办法很快就投入使用。1958 年 10 月 30 日，设计单位向工地交付第一批基础施工图后，就开始陆续进驻现场，与工地密切配合，进行现场设计、制图，以便随时调整。

大会堂工程共需挖掘土方 43 万多立方米，浇铸钢筋混凝土 12.7 万多立方米，钢结构使用型钢 3600 多吨，大理石、花岗岩、水磨石和剁斧石 17 万多平方米，琉璃瓦 2.3 万多平方米，通风管道 26 公里，动力电缆和电线 45 公里，照明电缆和电线 670 多公里。

如此短暂的时间建造如此浩大的工程，又是边设计边施工边备料，这让负责施工的人心急如焚，一天到晚都在催促设计图纸。

当时，北京市建筑设计院是全国最大的民用建筑设计单位，全院职工将近1000人。但由于正值"大跃进"时期，院里承接了大量的民用建筑工程设计，人力非常紧张。

设计院费了一番周折才为大会堂抽出50名设计人员。虽然日夜加班奋战，但仍不能满足施工和备料的需要。另外，施工中经常出现一些需要现场解决的问题，因此，各种矛盾混杂一起，难以理出头绪。为此，设计院的专家们将办公室搬到施工现场，边干边解决问题。然而，在施工过程中，还是不断地有各地的建筑工作者提出各种不同的改进意见。

当时，许多人还不太懂系统工程学，也没有电子计算机，工作繁杂忙乱，大家都觉得非常疲惫。设计人员搬到工地的举措，受到工人师傅和备料人员的一致欢迎。他们有什么问题，随时就跑来问，这样解决问题是方便了，却产生了新的问题。

原来，设计人员每天忙于处理现场问题，根本没有时间画图。负责这一工程的张镈工程师更是忙得不可开交，身边经常围着一大帮人，一个问题还没有处理完，就有人插嘴问另一个问题。总工程师张镈感慨地说："到工地三天了，没有说过一句完整的话。"

面对这些困难，有一些设计人员提出搬回设计院，因为实在无法画图，这样会严重影响工程进度。

沈勃和甘东商议后，作出决定：为了把这项工程搞

035

好，不但不能搬回设计院，还要把设计人员下分到各分指挥部，要与施工部门密切配合，把设计工作做好。为此，他们又做那些要求搬回设计院人员的思想工作。

整个设计院的思想政治工作，由建筑设计院政治部副主任甘东负责。这种集中领导、分工负责，密切了和施工部门的关系，了解情况比以前深入了。由于许多施工方法能直接和工人商量，加快了出图速度，对各项工作又按照轻重缓急做了适当安排，也就使工作不那么忙乱了。

工程部设计大礼堂内部结构

在设计过程中，遇到的最大困难是万人礼堂的空间处理问题，因为这个能同时容纳 1 万人的礼堂，空间实在庞大，仅观众席部分：长 60 米，宽 76 米，高达 32.5 米，简直可以装进整个天安门城楼。如此高大的空间，如果处理不当，必然直接影响到每个与会者的心理情绪。因此，礼堂空间处理的好坏直接关系到设计的成败。

就一般建筑物的空间而言，大多是由顶棚、地面、四面墙体六个平面相交，形成一个有棱有角的长方形立方体空间。如果万人礼堂也同样处理，人在如此高大的空间内必然会觉得单调乏味。

在西方，传统的教堂建筑有意识地将礼拜堂做得高大，前面神坛又做得高耸尖挺，使信徒们参拜时一进教堂就从心理上觉得自己十分渺小，而上帝则高高在上，显得非常神圣高大。这是一种以物质为主，"物使人从"的建筑理念。而我们的人民会堂是"人民"的大会堂，就必须充分体现出人的主体性。为此，万人礼堂决不能沿用教堂的惯例做成一个有棱角的长方形大空间。

这个问题困扰着设计师们，更困扰着北京市建筑设计院的建筑师张镈。因为他在此次设计任务中任总工程师。在这之前，他也参与了大会堂的全部 7 轮设计工作。

张镈的家世颇为不凡，他的父亲就是清末两广总督张鸣岐。广州起义的起义军攻破总督府之时，张镈刚刚出生半个月，多亏革命党不伤妇孺才逃过一劫。长大后的张镈，并没有如父亲一样从政，而是拜在了建筑大师杨廷宝、梁思成等人门下，在名师的指点下，成为有名的建筑设计师。

担任大会堂的总建筑师，自然代表着荣誉，却更意味着艰难。他深知自己肩上的重担，觉得自己必须拿出浑身的智慧和才能，设计好人大会堂。

周总理10月14日审定的方案其实只是个"轮廓"而已，17万平方米人民大会堂的内部结构实际上还几乎是一片空白。

为赶在十周年大庆前完工，大会堂是"边设计、边供料、边施工"，而张镈落在图纸上的每一笔都将立即被付诸实践，因此，他的每个小小的疏忽，都可能是致命的隐患。

可是，大会堂不是一般的建筑，有很多特殊的设计要求，是身为建筑师的张镈之前不可能去考虑的，他必须不断摸索。

大会堂刚一动工，当时兼任全国人大常委会秘书长的彭真就派助手找到张镈，对大礼堂的设计提出具体要求。彭真要求全国人大的正式代表在3500人左右，他们必须全部坐在大礼堂的一层，且每个座位都要配备桌子或者放文件的设施。

张镈打开总理审定的那张设计图纸，马上发现彭真的要求不可能实现。

因为在图纸上，万人大礼堂被设计成圆形，按每个座位最少占 0.9 平方米计算，大礼堂的第一层最多能容下 2750 个座位，与彭真要求的 3500 个座位相差甚远。张镈立刻拿起图纸找到赵冬日，想商量在大礼堂的形状上做些修改。

赵冬日的回答却给了张镈当头一棒："圆形是周总理亲自定下来的，轻易不好变动。"

接着，赵冬日给张镈出了个主意：一层观众席压缩每座 0.9 平方米的硬指标，再把其余的 6000 多个座位安排在三层挑台上。

张镈一听，就知道赵冬日的建议不可行：大礼堂是圆形，挑台自然是月牙形，这种形状越往后座位越难排列，挑台的层数不能多，否则就太高太陡了。

一直拖到 10 月 31 日，张镈才把"三层挑台四层座位"的大礼堂平面施工图做出来。在这张图纸上，大礼堂第四层座位的俯角已经达到了"危险"的 30 度。

大会堂的施工速度十分惊人，到 11 月，就要推进到万人大礼堂的部分。如果再不更改设计，观众席很可能成为大礼堂最大的一个安全隐患。

张镈心急如焚，一时间竟是无计可施！

然而，谁也想不到，此时一个意外的发现竟成了大礼堂的"救星"。

一天，在大会堂西南角施工的工人挖出了几块鹅卵石。最初谁也没在意，不料挖出的石头却越来越多，渐渐地，一条古老的河道竟显现在大家面前。

据侯仁之先生考证，这条两度"神秘"出现在天安门广场上的古老河道就是辽、金时期的永定河故道。由于一时找不出防沉降的有效方法，大会堂工程被迫暂停了。

施工的停滞为张镈赢得了宝贵的时间。就在大家着手制定防沉降措施的这几天里，市建院院长沈勃陪同彭真从外地回到了北京。

张镈向沈勃诉说了自己所面临的问题。沈勃告诉他：所谓周恩来总理"圆形大礼堂"的指示，是误传。

总理作指示的时候沈勃在场，其实，周恩来总理的原话是"后墙两侧用圆角向前围合"，并没有具体要求做成某种形状。

看到张镈硬着头皮做出来的方案，沈勃断然否决："体育场把看台做成27度的俯角就已经很陡了，30度的角，肯定不行！"

沈勃立即叫来赵冬日和相关建筑师，重新商议大礼堂的观众席设计。最后大家决定：挑台控制在两层比较合适，不够的座位，则用取消一层部分过道的方法"找"回来。观众席的平面形状也改为接近扇形的样子。

此时，永定河故道上的防沉降措施已经做好，大会堂的施工摆脱了"出师不利"的阴影，继续以惊人的高速推进。

大会堂 17 万平方米的建筑面积，一个万人大礼堂就占去了将近二分之一，一个几乎能装进整个天安门城楼的大屋子如何在保证顶棚绝对安全的同时，还不让人产生压抑感呢？几乎所有相关领域的专家都对此无计可施。12 月初，张镈又一次敲开了西花厅的大门。

听罢汇报，周恩来陷入了沉思。周恩来总理比任何人都清楚，不消除巨大空间给人的压抑感，大礼堂就会是个失败的设计。

片刻之后，周恩来忽然开口，轻轻吟诵了两句诗文："落霞与孤鹜齐飞，秋水共长天一色。"

见张镈一时摸不到头脑，周恩来笑了："人站在地上，并不觉得天有多高，站在海边，也不觉得海有多远。'落霞孤鹜'这一句，应该对我们有所启发。为什么不从水天一色的意境出发，去做抽象处理呢？"

说得兴起，周恩来一边打着手势，一边拿过纸笔描画起来："大礼堂四边没有平直的硬线，有点类似自然环境的无边无沿。顶棚可以做成大穹隆形，象征天体空间。顶棚和墙身的交界做成大圆角形，把天顶与四壁连成一体。没有边、没有沿、没有角，就能得到上下浑然一体的效果，冲淡生硬和压抑感。"

总理的话让张镈茅塞顿开，最难解决的设计问题很快就迎刃而解了。

科技委员会助阵施工

工程正式开工后，首先就遇到地基处理、结构方式和材料准备等问题。

10 月 30 日，经张鸿舜和沈勃研究，他们提出扩大组织科学技术工作委员会的建议，旨在解决建设中牵扯到多方面的科学技术问题。他们打算除邀请中国科学院以外，还邀请建工部建筑研究院、北京市建筑设计院、建工局及各大学的专家、教授参加，并请建筑研究院的王之力院长担任该委员会的组织领导工作。并将此意见请示万里、赵鹏飞同意。

11 月 13 日，科学技术工作委员会正式成立，下设 7 个专门委员会。

具体召集人员如下：

主体结构专门委员会召集人：建研院的朱兆雪、何广乾；

地基基础专门委员会召集人：勘测处的张国霞、建研院的黄强；

施工专门委员会召集人：建工局局长钟森、建工局的徐仁祥、黄浩然；

材料专门委员会召集人：建材局局长蔡君

锡、建研院的沈文论；

采暖通风专门委员会召集人：建研院的许照、汪善国；

建筑物理及机电设计委员会召集人：建研院的马大猷、胡麟、吴华庆、董天铎；

建筑装饰委员会召集人：美协的刘开渠、建研院的王华彬。

由于工期紧迫，第一线设计施工人员的现场工作十分紧张，无暇顾及需要研究的关键性疑难问题。科学技术委员会对这些问题都一一进行解决，在设计、施工及材料的准备工作方面发挥了巨大的作用。

总指挥部实行生产责任制

施工初期，由于缺乏大兵团作战经验，生产秩序出现混乱现象。

工地上单位很多，光施工单位就有 30 多个，工人达到 1.4 万人。工人们每天交叉作业，抓紧时间施工。

但是，各协作单位之间、上下级之间、各专业工种之间，以及小组与小组之间，经常发生矛盾，必须及时解决好这些矛盾，才能使工程多快好省地进行。

工程总指挥部结合施工实际，建立了集中领导、统一指挥、分层负责、分片包干的生产责任制度。无论是工地总指挥部、分指挥部，还是工段三级指挥机构，都积极配合，分区负责，按照总的计划要求，合理制订分部、分项的施工计划与施工方案，在组织管理上做到详细具体。

这样，指挥机构作全局统筹，抓关键点；下级指挥机构也分清职责，可以独立进行工作。

总指挥部党委统筹安排全局，一方面编制综合施工计划，把有关的协作单位、工种组织起来，合理安排，使他们各得其所，团结奋战，以便能更多地实行多面立体的交叉工作，实行平行流水作业，从而充分利用时间和空间，缩短工程时间。

另一方面，总指挥部党委对一些不顾大局、存有本位主义思想的人，进行沟通和说服。指挥部教育干部和工人要从整体利益出发，弘扬共产主义团结奋斗、不怕艰苦的精神，为全面完成建设任务而共同努力。思想做通了，才能保证指挥统一，调度统一，工作时才能相互配合，积极支援。

张鸿舜负责总指挥，徐仁祥、刘友渔、刘导澜等负责技术，并把三个分指挥部改为四个分指挥部：

第一分指宴会厅部分，由霍景林、陈熙凤、张贻谋、李果毅负责；

第二分指大礼堂部分，由刘志贤、宋国库、冯贵成、沈洪涛负责（后来又调峰文长、李凤臣参加）；

第三分指中央大厅部分，由邵文瑞、郝九功负责；

第四分指人大办公楼部分，由周宗元、崔福长、刘导澜（后到总指挥部）负责。

工地又设立总指挥部、分指挥部和工段三级指挥机构，每个指挥部又配备施工队伍，负责到各个区，以总计划要求为中心，制订分部分项的施工计划和施工方案，从而进一步健全了组织管理机构。

这样，上级指挥机构可以统筹全局，抓住关键；下级指挥机构职责分明，可以独立自主地进行工作。

随后，又开展整顿劳动组织、实行四定（定进度、定质量标准、定材料、定劳动效率）到组、提高劳动效率的运动，使施工现场出现了良好的生产秩序，调动了工人生产积极性，劳动效率也大大提高了。

赵鹏飞协调大兵团作战

12 月 22 日，赵鹏飞召开紧急会议，对参战职工进行了思想疏通，以协调大兵团作战。

赵鹏飞提出"要两本账、两条腿走路，要步步设营，分兵攻关"。

他要求：各施工单位要把底摸清楚；尚未加工订货的要立即安排；要充分考虑装修的人力；应采取分片包干的方法，要不光靠苦战，还要依靠科学组织工作，分层负责，分片包干。

针对薄弱环节，指挥部加强施工组织工作。

总指挥部也采用同样的方法，将整个工程按照不同施工阶段分成若干战役，每次战役又按照不同项目、工序划分为若干小战役。

每次战斗进行之前，先做好准备工作；在战斗的进行过程中，领导干部除了现场指挥外，也积极加入劳动队伍当中。

为促进生产，指挥部又组织工人参加生产管理，组与组之间开展面对面竞赛，对先进小组和个人进行表彰，从而推动生产的向前发展。

小战役有其自身的特点，它时间短，目标明确，任务具体，便于发动群众和具体领导，因而更善于突击作

破土动工与三边建设

业，带动全面工作的开展。

所以在整个施工过程中，指挥部组织上百次大小不同的战役。由此积小胜为大胜，使群众的生产热情越来越高，工程进展情况也如芝麻开花节节高。

四、 改进设计与通过方案

● 邓小平主持会议。会议结束后，放映了国庆
　工程影片，由沈勃在一旁作解说。

● 中央政治局领导通过了方案，这对所有参与
　设计与施工的人员来说，无疑是莫大的鼓
　励，他们的干劲也更足了。

工程办组织人员改进设计方案

1958 年 12 月 16 日，工程办召开第一次座谈会，以便统一思想，合理施工。

在会议上，工程办对大家提出的各种不同意见作了认真的答复，并提出了科学改进的意见。

1959 年 1 月 6 日，工程办又召开了第二次座谈会。在这次会议上，大家普遍反映的意见有三个：

一是面积太大，大而无当。原设计要求是 7 万平方米，现已经扩展到 17 万平方米，因此有人建议，在不改变原结构的前提下，挖掉一些面积，使中间成为露天的院子，可使附近的厅室自然采光。

二是建筑物总的体积虽然很大，但在视觉上却感觉不到高大，原因是建筑物的中部不够突出，建议两侧压低一些。

三是认为柱子多达 180 根，无用而挡光。但在是否取消柱子、还是把柱子改为附墙方柱的问题上，存在很大分歧。

这次座谈会后，工程办考虑到人大常委会曾提出除万人大会堂外，还需要有个容纳 1000 多人的小礼堂，作为各省、市开会时的大会议室和相应附属用房，经过与设计院的同志共同研究，于是作出变"大而无当"为

"大而有当"的决定。

此后，专家们又经过反复研究，在上层中央大厅的前边，把原来的空廊部分做成一个有 1000 个座位的小礼堂，既可做文艺演出和放映电影之用，还可在大礼堂的西侧，增辟 8 个大的会议室等。同时，为了施工方便，把面西的南北两段空廊和圆柱取消了，因此就在图纸上做了较大修改。

在设计厨房位置时，也征求了大家意见，把厨房改在宴会厅同一层两侧。但考虑到厨房与宴会厅同层，厨房的气味透进宴会厅会使宴会大煞风景，又提出了仍将厨房改到上层，将餐厅改为贵宾厅的意见。

后来，经过与北京饭店、防疫站等有关方面研究，认为厨房安在上层无法供应 5000 人的中餐热菜。一时间，厨房的位置问题无法解决。又经过暖卫设计的同志研究，把厨房空调改为负压回吸，这样既方便了供餐，又使厨房气味不会透进宴会厅。实践证明，这种做法很好。

建筑审查组正式向周恩来提交报告

1月20日之后，工程办将下一步工作重心放在了讨论大会堂的建筑形式、立面色彩、音响照明以及使用面积的分配问题上。

除了意见一致的以外，需要进一步研究的问题有：大礼堂墙面装修用料问题，大礼堂顶棚的处理问题，正门柱头的处理问题，北门口是否要汽车坡道以及灯光布置问题等。

1月23日，建筑审查组正式向周恩来提交报告，对上述问题得出如下解决意见：

一是外墙一律用淡米黄色的假石墙面，东门外廊柱柱身用艾叶青大理石，柱座用东北红大理石，东立面两侧廊柱用假石，南、北、西三面廊柱先用假石，以后换大理石；

二是大礼堂的墙面用料和色彩；

三是东门外廊柱的柱间距离及大门形状；

四是西面南北两排双柱廊和基座全部取消；

五是大礼堂天花板向台口倾斜，与舞台做成"水天一色"；

六是柱头多做几种模型以便进一步研究；

七是大礼堂和宴会厅的灯光照明度要尽量高一点，最低要70勒克斯；

八是建议成立舞台设计小组；

九是大礼堂电声系统要达到报告时分散声音、演出时集中声音的要求。

在大会堂用电系统设计方面，设计人员发挥出较高的设计水平。从设计大会堂方案开始，负责各设备系统设计的人都要求自己负责的方面赶超国际水平，特别突出的是在用电方面。对于大会堂用电量的估计，从开始时争论就比较大。

按正规设计程序，应首先定出所用电器设备，然后才能估算出总的用电量。可是在这种边设计、边施工、边研究使用的情况下，不仅各个用电点的用电量估算不出来，而且对如何选用照明度标准也争论不休。

按设计组最初计算，大会堂的用电量应当在1.3万千瓦。最后，大家集思广益，决定设计两个变电站，各设四台1000千伏安的变压器。最后试验的结果表明，大会堂全部照明和动力的全负荷运转完全可以满足大会堂的用电需要，且可以保证用电安全。

除此之外，设计人员们还考虑到了许许多多的细节问题。

他们为达到"以人为主、物为人用"的目的，征求各使用单位的意见，向电力、电讯、煤气、热力、道路、

改进设计与通过方案

水道、园林绿化等协作单位征求意见；向汽车司机征求意见，考虑怎样为他们安排汽车跑道；向摄影师征求意见，考虑怎样为他们安排灯光设备和工作条件；向厨师征求意见，考虑怎样为他们安排炊事间；还反复向施工单位征求意见，考虑怎样才能在建设中达到多快好省的目的。

在施工过程中，设计人员又深入工地，深入群众，根据施工情况，不断地修正设计中的错误和缺点。

由于设计人员找到了一条群众路线的创作道路，大大地发挥了他们的智慧和创作能力，设计师们才能在几个月内，在边施工、边设计的情况下，完成如此宏大的工程设计！

中央书记处、政治局通过设计方案

1958 年 11 月初，彭真等人来到中南海中央书记处会议室，向中央书记处做工作汇报。

当时书记处由邓小平主持会议。会议结束后，放映了国庆工程影片，由沈勃在一旁做解说。

上次给市委放映影片和解说时，沈勃是坐在银幕前面进行解说的，所以比较顺利；而这次是站在银幕前，银幕的影像沈勃看不清楚，怕说错，因此急得满头大汗。

影片放映结束后，邓小平询问书记处同志都有什么意见。书记处的同志们都表示比较满意。最后，邓小平提了一句："革命历史博物馆西门廊柱的墩子是否大了一些？"对于其他问题，他没有发表什么意见。

这些影像资料对于彭真和沈勃的汇报工作起了很大作用，也为当时广泛征求意见提供了便利条件。

例如：12 月 16 日，设计人员召开一次座谈会，与会人员觉得当时的大会堂建筑设计方案中部不够突出，柱廊过多；还有人说大礼堂内部过高，整个建筑体积不小，但实用面积不大等问题。

对于这些提议，设计人员对原设计方案也作了相应的调整和改动。

12 月初，彭真安排把国庆工程的建筑模型送到中南

海，准备请中央政治局领导审查。

这天正好是星期六，晚上有晚会。在休息期间，刘少奇、朱德、彭真来到了陈列模型的房间观看。沈勃把这些建筑的主要尺寸、装修材料以及外墙的颜色等作了简要汇报。

刘少奇、朱德观察得很细致。刘少奇还特别指着大会堂的模型问："要这么多廊子干什么？"赵鹏飞和沈勃回答说，一方面为了装饰，另一方面是为了能遮雨。

刘少奇又问："这么高能遮得住雨吗？"

朱德询问了外墙面采用的花岗岩石的生产厂家，质地怎样。

12月底，中央政治局正式开会讨论国庆工程。毛泽东、刘少奇、朱德、邓小平、彭真等参加了会议。

会议由周恩来主持并亲自作介绍，最后，大家一致同意了天安门广场的规划和大会堂工程的方案。

散会后，周恩来高兴地对万里和赵鹏飞说："通过了，通过了！"

中央政治局领导通过了方案，这对所有参与设计与施工的人员来说，无疑是莫大的鼓励，他们的干劲也更足了。

周恩来强调安全问题

一天，周恩来把万里等人召到中南海，对大会堂的结构设计和材料、施工的准备情况一一详细询问。

最后，周恩来说：

> 你们一定要抓好大会堂的结构安全问题，否则，就会在全世界造成很坏的影响。

周恩来还列举了延安七大庆祝晚会上因挑台垮下来死伤多人的事例，叮嘱他们一定要从中吸取教训。

周恩来提议，大会堂的建造要古为今用，一切精华皆为我用。中华民族之所以伟大，就是因为我们能吸收世界一切好的东西。

大礼堂体积庞大，内部构造复杂。庞大而又复杂的结构，不仅当时国内没有做过，即使在国外，也没有这样的先例。

从规格上来说，大礼堂本身长 60 米，宽 76 米，顶高 45 米，净高 33 米；宴会厅除有容纳 5000 人的本厅之外，还有大交谊厅和小宴会厅等。全部建筑面积达 17 万平方米，体积约 160 万立方米。

大礼堂还有两层挑台，二层挑台外挑 29 米，三层挑

台外挑 22 米。

设计人员虽然做了很大努力，但由于没有亲身尝试过，所以大家都难以把握安全系数。

当时，关于大会堂的结构问题，人们也有所议论，对于大会堂的建筑形式，议论更多。

得知这些疑问后，周恩来又作出指示：

成立大会堂结构安全小组，由王大钧、金瓯卜等人负责审查结构设计；

成立建筑艺术小组，由吴晗、王昆仑等人负责，审查建筑形式、外立面色彩、音响效果、面积分配等问题；

由赵鹏飞负责材料质量和施工质量。

周恩来将一系列工作责任分配到人，保证了工程的顺利安全进行。

1959 年 1 月 18 日，周恩来又亲自视察了大会堂工地，询问了宴会厅廊柱的粗细、高度、间距大小，以及主席台到最后座位的距离等问题，并提出了台前的乐池不用时要能够盖起来的建议，还到天安门城楼上察看了整个广场的情况。

在听取了各方意见和做了实地调查之后，1 月 20 日，周恩来又一次参加了专家研究会议。他仔细询问每一位专家是否能保证安全问题。

从 21 日起，汪大钧、金瓯卜在交际处召开结构审查小组会，着重对以下五方面的问题进行审查：

一、设计所依据的原始材料是否准确可靠。

二、所采用的设计规范、计算方法及各种系数是否符合安全要求。

三、是否与我国目前材料情况和施工技术条件相符合。

四、主要结构形式及布置是否安全可靠。

五、从基础到柱子、楼板、屋架等结构的个别及整体的强度、刚度和稳定性能否保证。

经过 10 天会议的讨论，共提出 31 个问题。其中，有关基础和钢筋混凝土的问题有 21 个；有关钢结构的问题 10 个。

这些问题经过提出加固补强、修改设计和其他措施的意见后，大部分得到了解决。在结构设计上达到了确保安全的标准。

1 月 29 日，齐燕铭召集结构审查小组负责人开会。他在听取汇报后，谈了以下六点意见：

钢结构问题算可以放下心来，指挥部要组织专门小队施工；把宴会厅伸缩缝连接起来；把大礼堂柱子加箍，挑台后加混凝土墙；对计算方法有争论的地方，要重点加固；要把保证安全同施工进度二者兼顾；经验查证明，设计基本是好的，但也有缺点，要改正。

2 月 23 日，根据周恩来的指示，工程办再一次邀请全国各地的建筑专家来京，再次审查大会堂的设计方案。参加此次会议的共有 57 人，其中建筑专家 34 人、结构专家 20 人、美术专家 3 人。

审查小组对大会堂的结构设计连续进行了 7 天的审查，着重讨论了宴会厅的抗震能力以及大礼堂挑台的安全问题，并提出了改进措施。在建筑设计方面，审查组共提出了 558 条意见，后经反复研究，对其中重要问题给出了 22 项结论性意见。

周恩来观看大会堂模型

1959 年 2 月初的一天上午，周恩来由万里、吴晗、沈勃陪同去观看大会堂模型。

为了把大礼堂内部设计处理好，建筑组在故宫午门前做了一个 1:10 的大模型。

因为大礼堂的天花板到地面的实际高度为 33 米，所以 1:10 的模型有 3 米多高。

周恩来先问了一下各方面有什么不同意见。

沈勃汇报说，不少建筑师认为净空 33 米太高。但是后面有两层挑台，如果压得低的话，又会使人感到压抑。

周恩来思索了一会说："墙面和顶棚相交处，不要用折角，可做成天水一色，看效果如何。"

回到交际处后，听吴晗汇报了建筑组讨论的情况，周恩来讲了以下几点：

一、可以把全国主要建筑师请来看看，愚者千虑，必有一得，港澳同胞也可以请过来看看；

二、结构再算一算，20 号前写个材料报上来；

三、正立面要庄严、朴素、明朗，檐头以绿色为主；

四、大礼堂要水天一色，不要折角；

五、天花板和墙，要用鸭蛋青的白色；

六、廊子要能上能下走通；

七、宴会厅灯光要搞好，供应要人少，要科学化；

八、各会议厅休息室不要雷同，要多种多样；

九、休息厅要有坐的地方；

十、车道、柱头要做出模型研究；

十一、屋顶要处理好。

2 月 13 日，建筑审查小组正式向周恩来写出审查报告。经研究决定的问题有：

一、外墙一律用淡米黄色的假石墙面；

二、东门外廊柱身用艾叶青大理石，柱座用东北红大理石，东北面两廊柱用假石，南、北、西三面廊柱先用假石，以后换大理石；

三、西面南北两排双柱廊和基座全部取消；

四、大礼堂天花板向台口倾斜，与舞台做成水天一色；

五、柱头多做几种模型以便进一步研究；

六、大礼堂和宴会厅的灯光照明要尽量高一些；

七、建议成立舞台设计小组；

八、大礼堂电声达到报告时分散扩音、演出时集中扩音的要求。

2 月 16 日，周恩来由吴晗、梁思成、朱兆雪和沈勃等陪同，又一次到午门前看了大礼堂模型，并提出了相关建议。周恩来讲：大会堂外墙的颜色很重要，应仔细研究。老年人喜欢的，青年人不一定喜欢。你们应该做一个大一点的实样，再找一些年轻人看看，听听他们的意见。柱头也应该做出模型来研究。

　　2月15日，吴晗邀请了清华大学教师25人，学生24人，到午门前观看外墙造假石和柱头模型。

　　讨论的结果，43人主张用淡米黄稍带红色的人造假石。对于柱头，以简朴、有力为好。最后，大会堂外墙用淡米黄稍带红色的人造假石。

周恩来决定缓建一些工程

1959 年 2 月 28 日，周恩来在中南海的畅观楼大会议室召集副总理及有关部长开会，商讨压缩国庆工程问题。

周恩来在会上说，国务院信访办曾接到原拆迁居民的来信，他们反映现在的居住有困难。人民现在居住环境都保障不了，我们绝不能像旧社会那样，只求表面繁华，而不顾人民的困难。为此，我们要对一些工程项目进行压缩，以便挤出更多的材料多为人民盖一些住宅。

周恩来说："北京今年新建 30 万平方米住宅，我看太少，至少要建 50 万平方米，争取在国庆节前完成。"

经过会议讨论，最后决定：万人大会堂、中国革命和中国历史博物馆、中国人民革命军事博物馆、全国农业展览馆、北京火车站、北京工人体育场、民族文化宫、民族饭店、钓鱼台国宾馆和华侨大厦列入十大国庆工程项目；科技馆、美术馆、国家剧院和电影宫等建筑缓建。

会后，周恩来亲自到工地各处看了看。站在宴会厅大楼前，周恩来对陪同人员说："在这样短时间内搞这样一个大的工程，边设计、边施工、边备料，是难免考虑不周的；但是关键部位一定要保证做好，次要的地方还可以逐步修改嘛！你们要一年建成，五年修好。"

五、 进行施工与解决难题

- 指挥工长举起旗子，吹响哨音并开动机器。当钢梁一端刚刚离地时，只见黑色的钢梁一扭头、一摆尾，就像一条活着的巨蟒那样拼力挣扎，不愿离开地面。

- 沈勃问暖卫设计组负责人那景成："这个细部为什么这样处理？"

- 马大猷教授说："人均空间 6 立方米是声学处理的极限，大礼堂平均每人 9 立方米，要能都听得清，那叫世界奇迹。"

彭真要求东门廊柱搬家

1959 年 1 月份，彭真和刘仁到人大会堂工地进行视察。这时，东大门的混凝土柱子已经浇灌完毕，只是还没有拆模。

彭真仔细看了各个柱子的距离后，认为中间廊柱的距离做小了，要求沈勃一定设法把中间的柱子搬搬家，如果很困难的话，用角钢重做基础也可以。在晚上吃饭的时候，彭真再一次强调柱子搬家的事。

其实，彭真在太原视察的时候，便多次对设计人员强调大会堂大门的重要性，他要求大门要采用中国自己的风格。所以在后来的具体设计中，设计人员也特别注意了不采用西方建筑廊柱等距离的办法，而是把中间的三开间尺寸特别加宽。

曾经有一次，在刘仁的办公室，沈勃拿来东门廊柱图，发现中间柱距过大，因为中间三开间的柱距差不多已是其他柱距的两倍。于是，沈勃向设计师提出了疑问。后来经过研究，将施工方案改为中间柱距 9 米，其他柱距 7 米。

在这个时候，彭真再次强调大门廊柱的事，因此沈勃的心情十分沉重。因为在太原时彭真曾经交代过这个问题。但是，在如此紧张的施工中，要把这个 23 米高，

1.25 米见方的钢筋混凝土柱搬个家，谈何容易啊！

沈勃一连好几天都吃不好睡不好，一是觉得没有落实好彭真的指示，感到内疚；二是没有想出给廊柱搬家的好办法。

结构工程师认为，这几根廊柱上面托着一个小礼堂，要给柱子搬家是不可想象的事。深思许久的张镈发话了，他提出了一个从包皮上打主意的办法。

张镈说："混凝土廊柱本身断面直径是 1.25 米，外面包砖、镶大理石后，才做成新断面为 2.5 米直径的圆柱。从包皮上打主意，就是把中间两根柱子的包皮偏心外移，两侧两根柱子的包皮稍内移，即可使中间的开间扩大 1 米左右。这样，就在不搬廊柱的情况下，取得了中间开间最大，两侧柱间次大，再两侧的两个柱间也比其他柱距稍大的效果。"

当时在一起参与研究的专家们普遍认为张镈的包皮做法可行，这也符合中国建筑主间、次间、稍间的安排。

于是，东门廊柱便按张镈的设想进行改造。改造后，从外表看起来，它的中间柱子的距离是 10.3 米，次间柱距为 8.02 米，稍间柱距为 7.15 米，其余柱距为 7 米。

沈勃等人将改造后的廊柱，画成透视图，送到彭真手里。赵鹏飞做了详细解释，获得了彭真的认可，说门廊改造后的效果不错，这才算过了一个大难关。

吊装大礼堂钢梁

1959年3月5日，赵鹏飞带领一些工程技术人员去沈阳桥梁厂详细检查钢材质量及加工情况。除北京的吊装工人外，又从富拉尔基、包头、太原、酒泉等地调来了大批有经验的吊装工人和技术人员，以保证钢梁吊装工作的顺利进行。

因为钢梁吊装完成的时间，关系到整个大礼堂能否如期完成，所以早在年初，工程指挥部就把钢梁的制作与吊装作为整个工程的重点。

万人礼堂是大会堂的主体，总体积为8.1万立方米。礼堂的顶子是用12根钢骨架做成，跨度60.9米，高7米，每根钢骨架重55吨。礼堂的三层挑台外挑22米，二层挑台外挑29米，每层挑台都有12根钢梁构成钢架，挑台根部由12根钢柱支撑，钢结构共重2625吨。

按照吊装的顺序，应是最先吊装位居屋顶的12根跨度为60.9米的钢梁，只有在这12根钢梁吊上去后，其他工作才能展开。指挥部经过多次研究，采用了两台30TL952履带式起重机和人字把杆抬吊。

3月21日，大礼堂工地上的工人们，做好了一切吊装准备，地面上横摆着三条高7米、长60.9米、宽0.8米、犹如黑色巨蟒似的钢梁。当最南侧钢梁两端挂好吊钩准备起吊时，指挥部的领导人及有关技术人员也都聚集在现场，大家怀着十分紧张的心情，期待着吊装的顺利完成。

谁知恰在这时发生了麻烦。当指挥工长举起旗子，吹响哨音并开动机器，钢梁一端刚刚离地时，只见黑色的钢梁一扭头、一摆尾，就像一条活着的巨蟒那样拼力挣扎，不愿离开地面。钢梁这一扭一摆，使所有在场的领导干部、技术人员和工人大吃一惊。因为钢梁的制作，从选材到加工需要相当长的时间，如果把钢梁搞坏了，再重新制作，时间就来不及了。

指挥工长看到这种情况，立即下令停止起吊。当钢梁放回地面时，它又一扭头一摆尾地恢复了原状。幸好经过检查钢梁并没有损坏，只是钢梁横向硬度不够，使其起吊后发生了扭曲。

为增加横向硬度，设计人员在钢梁两侧予以加固，二次起吊，还是没有成功。后来在两侧加了钢管，连夜三次起吊，又失败了。

这时，距离整个工程竣工的期限只有四个多月了，大家急得眼中冒火。最后大家决定做一个菱形钢架固着在钢梁的上边，然后再行起吊。经过三天三夜的设计制作，做好了菱形钢架。

3月20日，钢梁顺利地从地面上提高到45米的高度。到5月17日，历时57天，终于把总重量2625吨的钢结构安装完毕。

沈勃监督解决采暖难题

大会堂工程从设备设计角度来说，也是一篇很难做的文章。

大会堂既庞大又复杂。同时，各个厅室要求冬暖夏凉，干湿适度，要能开5000人的国宴和上万人的酒会，还要求能够同时在大会堂各处举办多种会议和各种庆祝活动。

要达到这些要求，大会堂必须铺设冷热风系统、采暖系统、高压蒸汽系统、煤气系统、冷冻系统、生活热水系统、给排水系统、消防系统等近20种管道。而且这么多管道要在10个月的紧迫时间内完成，确实难度很大。像万人大礼堂，它的净高最高处达33米，南北宽76米，从台口到最后排为60米，三层挑台最高的座位与一层最低的座位高差为25米。

根据有关资料计算，大会堂温度相差达5摄氏度，即在夏季最高座位处为28摄氏度时，最低座位处的温度仅有23摄氏度。

大会堂一般厅室也是又高又大，也会出现许多困难。首先是无处摆暖气片，而且空气流散的速度非常快。比如在宴会大厅下面的迎宾厅，大门面北，又很高大，因而只能用冷热风、暖气片和地面敷设暖气管三种形式联合调节空气。由于万人大礼堂空间太大，只好把整个空间分成 8 个区送风，在座椅下回风，并利用屋顶深灶灯排走废气。经检测，一层与三层座位温差仅有 0.8 摄氏度。

对迎宾厅的采暖处理则与此不同。在大理石地面上埋设 626 台排管散热器，同时又在一部分内墙下装设 1351 米钢制串片对流散热器，再加上热风的处理，才保证了采暖的要求。

对于铺设木地板的房间，除有热风的供应外，还在窗台下面安排暖气片供暖。这些安排因受建筑设计的限制，又不能影响美观，故做起来很困难。但是，经过暖卫组的努力和有关部门的帮助，这篇难做的文章做得还不错，第一次采用的遥感遥控技术也搞得比较好。可是，在小的关节上也曾出现过意想不到的麻烦。

在设计图纸出图紧张的时候，沈勃常在晚上 10 时左右开完会后，到分散在各处的设计小组去看看，有些问题当场就商量解决了。

4 月，沈勃来到暖卫设计组，看到他们画的用暖气片供暖的图纸上，把暖气片的脚伸到木地板的下面。沈勃就问暖卫设计组负责人那景成："这个细部为什么这样处理？"

那景成解释说：窗台板下面的高度不够高，炉片外面套上炉灶以后上面空隙太少，会降低供暖效率。为了提高采暖效率，才把暖气片向下放进地板的凹槽里。

沈勃立即提醒他们：要是一片炉片漏水，水会很容易流进地板下龙骨间的空隙里，而人们又不容易发觉，要是泡坏了地板，搞坏了下层屋顶天花板怎么办？

那景成一听，认为这确是个极大的隐患，应该急速改正。

于是，那景成和沈勃当即去找张鸿舜交涉，说明这一问题的严重性，要求把已经架起的三层供暖管道全部返工。

张鸿舜一听，大吃一惊。张鸿舜觉得这个问题虽然非常重要，但是因为工期所限，管子工又特别缺，返工是很难办到的。那景成和沈勃与张鸿舜再三商量，张鸿舜也没有答应。

这时，已经深夜12时了。沈勃和那景成及另外两个暖卫组的人，从三楼一直查看到地下室。经过全面查看，二人感到整个管道返工，工作量实在太大。即使和张鸿舜再次交涉，也无济于事。

可这个隐患又有什么办法解决呢？大家愁眼相对，在地下室转来转去。这时，一段和四段一到四层的采暖管道已经安装完毕，只等安炉片了，而后患又这样大，怎么办？

在无可奈何之际，大家看到地上有几根四米多长的杉篙，突然心里一亮，想用它撬一撬，看看管道能否动得了。结果四个人一起用力一撬，竟使整个三层的管道向上动了几十毫米。这样一来，可以不费太大的事，就能把所有立管提高，暖气片也就可以安装在地板以上了。

意外发现的难题，又用意外的办法解决，这使沈勃他们喜出望外。他们立即再找张鸿舜商量。因为工作量不大，张鸿舜答应了。很快，暖气管的问题得到解决。

大礼堂、宴会厅的巧妙装修

大会堂的钢屋架和两层挑台的钢梁吊装完毕后，时间已到 5 月份，离竣工期只有 3 个多月了。

此时，大部分工程已进入装修阶段，但是在大礼堂内部，两层挑台要打混凝土，顶上要钉大小三层骨架，骨架上要钉"水天一色"的天花板；全部地面工程从回填砂石、砌地陇墙到铺地板，还没有开始；大量的吊顶、抹灰、油漆工程，还有灯具、桌椅、冷热风、译意风、电视转播、摄影灯光、扩音系统等设备安装工程，上上下下几十项工作都等待进行，而设备安装以后，还要进行试运转和调整。

能否在三个多月内全部完成这些工作，是整个工程能否在国庆前交付使用的决定性一环。大礼堂内部的工程成为当时急中之急的最关键部位。

工地党委分析了当时的形势，立即召开群众大会，把任务阐明，并交给群众讨论：怎么能在圆弧形的大礼堂内，充分利用好时间和空间，使上下和四周错综复杂的工序能够同时进行平行流水、立体交叉作业，以加快工程进度。

架子工们在党委的启发下，和技术人员一起，发挥高度的智慧。他们一边讨论，一边安排人计算顶棚上像满天星斗的灯孔位置。

最后，架子工们想出一个很巧妙的办法。

他们通过灯圈从钢梁上插下一根根不落地的杉篙，随即从上顺杆而下，悬立在离地面 30 多米的高空，绑扎横的"顺水"杉篙。在这样惊险而紧张的劳动中，展开了面对面的竞赛。

结果，整个顶棚和两层挑台下面都搭上了悬空脚手架，把大礼堂整个空间变成天上有天、天地隔绝的八层操作台。

工作面扩大了，这就给集中优势兵力进行立体交叉作业创造了条件。大礼堂内部施工的工人从 1000 多人猛增到 6000 多人，上下分成 5 个施工段，前后组织了 15 次小战役。

根据这个方案，在巨大无比的圆弧空间内，墙、顶、地、舞台口、二层挑台等八九个工作面同时施工，形成"千军万马共同作战"的壮观场面。

从 5 月 20 日起至 6 月底，只用了 40 天的时间，"圆弧大战"胜利告终，完成了按照常规需要半年以上才能完成的任务。

无独有偶，5000 人宴会厅也出现了装修困难。

宴会厅南北长 76 米，东西宽 102 米，顶棚最高处 15.15 米，这几乎可以容下整整一个足球场。如此巨大的场地，按正规装修操作程序，顶棚与地面根本不可能同时进行，因为顶棚装饰与大礼堂不同，没有满天灯饰，所以不可能采用悬挂脚手架的办法。

在此紧急关头，施工与设计结合又创造出一种新颖的移动式脚手架。在一台带有四个轮子的一平方米见方的平板车上，从中央竖起一根通天杉篙柱，然后从其根部如开放的雨伞那样向上绑扎许多根散开的杉篙，上面再装上一层大于平板车几倍的脚手板，形成一辆辆可移动的脚手架。随着车的移动，处于上层的可以安装平顶灯饰，绘制各类彩色图案，下方的人也不会受影响，可以同时铺装地板。就这样巧夺天工、多快好省地完成了繁重的任务。

声学专家科学解决大会堂的音效

大会堂在音质设计方面，遇到的最大问题是回声。假如不做处理，各个回声互相干扰，根本无法正常开会。

在 17 万平方米的大会堂建筑面积上，万人大礼堂几乎占去二分之一。在这么大的空间，怎样才能让所有人都看得见、听得清呢？在保证顶棚绝对安全的同时，如何解除可能产生的压抑感呢？所有相关领域的专家都说太难解决了。中科院的马大猷教授说："人均空间 6 立方米是声学处理的极限，大礼堂平均每人 9 立方米，要能都听得清，那叫世界奇迹！"

大会堂的内部结构、穹顶形状、回声等属于建筑声学，除了建筑声学以外，建设者们还要考虑电声学，即用扩音器放大声音后产生混响的问题。因为在礼堂中讲话时，声波经过天花板、墙壁等多次反射和吸收后，其声音强度才能降到人能听到最小声音的能力以下，这种声源振动停止后还会产生声音的延续，这种现象叫交混回响。声音强度减小到原值的百万分之一的时间，叫交混回响时间。

交混回响时间在一到两秒之间最为适当，如何才能达到这种适当的交混回响时间呢？于是，指挥部集中中科院的声学所、北京建筑设计院、清华大学建筑系等单位的声学专家成立了课题组来专门研究这个问题。

经过研究讨论，课题组首先采用分散声源的方法，即不使用扩音器，把主席台上的声源分散到每一个座位上。如此一来，听台上讲话就像对面传来一样清晰了。

专家们还采用塑料夹板的吸收构造，以加强对低频部分的吸收，可以解决庞大建筑物的声学问题。

于是，建筑师在大礼堂的穹顶设计了三圈水波形的暗灯槽，与周围装贴的淡青色塑料板相呼应，灯亮之时犹如波光盈盈。还在整个穹顶上开了近 500 个灯孔，人坐在观众席内，抬头就可看见"繁星点点"，仿佛置身于浩瀚夜空，丝毫不会感觉压抑与沉重。

其实，在大礼堂巨大穹顶上，还藏着许多看不清的小"星星"，那是几百万个小小吸声孔，有了它们，大礼堂屋顶整个就变成了一块巨大吸音板，主席台上发出的多余音波就会完全被吸走，不但没有回声，还能留点"混响"，让坐在每个角落的人都能清晰准确地听到发言人声音。这样，大空间带来的问题，又被大空间自身解决了。

课题组还在二层和三层楼上 7000 个皮椅底下，装了穿孔吸声结构。当座椅无人时，椅底反过来可以代替人对声音的吸收作用。这样可以使满场时和仅用一楼开会时，都有较高的语言清晰度。大会堂音质问题迎刃而解。正如马大猷教授所说，中国人创造了一个"世界奇迹"。

五路大军对工程进行全面大检查

　　1959 年 3 月底，大会堂除基础的混凝土部分以外，上面部分还有 6.6 万立方米的钢筋混凝土结构。除人大常委会用房还在施工外，其他部位都已开始在拆模或开始砌墙。

　　这时候，整个结构设计图纸已经基本出齐。为了保证整个结构的质量，指挥部抽调大部分结构设计人员和施工人员，配合组成混凝土结构质量检查小组，进行全面质量检查。

　　大会堂施工用的水泥混凝土，每一方沙和石料都是经水洗后检验合格，再用磅秤称过后才送入水泥搅拌机中的，并规定了搅拌时间。

　　每天同一批次的混凝土在送到工地的同时，要制作一个 12 厘米×12 厘米×12 厘米的水泥方石，水泥方石上还要用笔写上编号，24 小时后还要测试水泥方块的耐压程度。在工程结束之前，这些石块都存放在专门的房屋里。如果存在质量问题，这些水泥小方石就要随时拿出来接受质量查证，并追究相关负责人的责任。

　　尽管这样，为了防止设计人员对于混凝土的质量非破损检验技术掌握得不好，每个检查人员手里都拿一把小榔头，作为检查工具，用它敲击混凝土的表面，从锤击的痕迹和声音来判断混凝土的质量好坏。在张浩的领导下，他们沿脚手架爬上爬下，敲遍了每一根梁和每一根柱。

4月初的一天上午，张浩满头大汗地跑到工地找到沈勃，张口就对他说："不好了，中央大厅一根柱子断了，只靠钢筋在支撑着，十分危险！"

原来这天上午，检查人员们带着小榔头检查到这根柱子的过梁插铁的下面时，他们看表面的质量还不错，但用小榔头敲击时，发觉这根柱子里面有空洞的声音。他们再接着用力敲，惊人的一幕出现了：柱子的中间当即现出一个大空洞，20多厘米高，一整段柱子中间完全没有混凝土，只剩下表皮一层很薄的沙浆与钢筋黏结在一起。

沈勃马上跟随张浩来到中央大厅西南段楼梯间二层。只见这根柱子中间存在有20多厘米一段完全没有混凝土的问题，这等于上面两层结构的重量全部靠这几根钢筋支撑着，其压力远远超出了钢筋的承载力。沈勃吓了一跳，急忙找来施工指挥部的人，商定先用木柱将周围的梁从上到下支撑起来。如果钢筋发生弯折，那么后果将不堪设想。

中央大厅西南段柱子的空洞问题，经过分析研究，认为可能是在浇灌混凝土过程中，临时发现漏放过梁插铁。于是又加补梁插铁，但是由于插铁过密，粗骨料被插铁挡住，只有沙浆沿着模板流下来，无法灌满其余空缺，因而造成空洞。

这个惊人的发现，使检查人员提高了警惕，他们更加认真地用小榔头仔细敲打每一处。当检查到人大常委会办公用房部分时，又发现有的柱子的根部敲击声音出现不正常。粗略一看，质量好像还不错，但经榔头一敲即有空鼓的声音。接着用力敲击后，发现空洞竟扩大到二三十厘米高，而且形状又极不规则。

于是大伙决定再重新检查一遍，最后发现这部分柱根都有类似的孔洞，只是表面都蒙着一层薄薄的混凝土。这些孔洞到底是怎样形成的呢？大家又从混凝土的浇灌、施工等各个环节分析后，才弄清其原因。

原来，这部分柱子在立模工作完成后，曾停歇过一段时间，恰巧下了一场大雪，由于都在露天，积雪在柱模内部很快就冻成冰块。在浇灌混凝土时，靠近本模部位的冰块融化一些，灰浆漏下一点，而中间的冰块没有融化，使混凝土无法下达到底部，因而造成空洞。

结构检查发现的问题，进一步敲响了警钟。周恩来也作出了重要指示，要求严把结构质量关。

5 月 13 日，五路大军对工程进行全面大检查：各专业、各分段设计人员按照结构专业的方式分别抓住要点进行检查；大会堂工程指挥部，各分指挥部抽出一定技术人员进行检查；组织人大常委会、北京饭店等单位检查是否符合使用要求。由北京市建筑设计院有经验的老工程师等组成检查组，一面检查图纸，一面检查施工质量；由吴晗副市长组织在京的外地专家到工地视察并提出意见。

经过以上几轮检查，共提出大小问题近万个。在施工过程中，这些问题大部分都得到了及时补救，使工程的安全得到了保证。

六、厅室装修与竣工验收

● 7 月上旬，周恩来又亲自来到大会堂工地，观看了两位画家的作品。

● 主席稍稍想一下，从椅子上站起来简洁地说了句："那就叫人民大会堂吧，因为它是属于人民的!"

舞台设计与主厅室装修

1959 年 6 月 5 日，齐燕铭在国务院会议厅召集有关人员研究舞台设计问题。关于舞台的设计问题争议最大。有人主张高标准，有人认为短期内不可能实现。

会上决定舞台设计不要标准太高，但必须保证安全使用。

6 月 6 日，舞台设计审核小组成立，成员有顾谷同、李岳、吴世鹤、皇甫繁、邓霄、杨希武、刘振宗、王时煦、邓林庆、陈伯时、陈芸萍、罗龙云、孙芳垂等人。

同时，齐燕铭还指定组成一个由沈勃负责，有人大常委会的丁敏、清华大学的韦镇球参加的领导小组。仅用 5 天时间，就完成了设计审查工作。

6 月 12 日，齐燕铭正式批准设计方案，并交代要立即分头加工订货。

其实，进入 6 月份，大会堂工程已基本完成，余下的大量工作主要是装修，因此有许多装修方面的问题等待解决。比如：舞台的设计、室内物品的陈设、壁画问题、家具的摆放问题、一些物品的订货加工问题等。

大会堂的厅室很多，家具陈设数量也不少。而此时，距竣工期限只剩下不到 3 个月的时间了。如果完全统一安排或加工订货，则必定困难重重，且耽误时间。

经大家研究并请示上级决定，将装修布置任务下放到每个省市，即每个省市负责一到两个厅室，小到厅室的内部灯具、家具等的陈设，大到材料的供应、质量的监督等工作，均由本省市负责。同时，装修好的厅室并将作为人大在开会期间该省、市的小组会议室。这样，既调动了各省市工作的积极性，也能够促进各厅室创造出各自的不同特色。

工作分派下去，各省市对这样的工作安排欣然接受，他们相互竞赛，看哪个省市的厅室做得最好。很快，这项繁杂的工作就如期完成了。

对于主厅室的装修，则是由设计师和吴晗一起研究过后，才进行加工订货的。比如宴会厅前正对迎宾大楼梯的大幅国画，是经周恩来确定，选用毛泽东的诗词《沁园春·雪》为主题，由当时著名国画家傅抱石和关山月负责绘制而成的，后正式题名为《江山如此多娇》。

7月上旬，周恩来又亲自来到大会堂工地，观看了两位画家的作品。周恩来还指示大会堂各厅室的家具不要做得太笨重，免得服务人员移动时太劳累；宴会厅供应饭菜，要使用车子推送等。

大兵团作战突击装修

1959 年 7 月底，历时 280 天的人大会堂全部主体工程胜利完成了。工程随之进入内部装修阶段。这是一个需要精雕细琢的阶段，也是"画龙点睛"的最后一道工序。

离国庆节只有一个多月的时间，要在如此短的时间内完成人大会堂的装修，只有创造奇迹，否则绝无完成的可能。

为此，装修施工负责人阮志大被召到工地指挥部开会，与工地主管、工程师和架子工、木工师傅们一起讨论研究，专门研究如何突破难点。

最后，大家一致认为：要完成如此艰难的任务唯有一条道路可走，就是集中兵力进行大兵团作战，在万人礼堂整个空间内全面开花，各工种各就各位地同时展开操作，多管齐下，使之一气呵成。

事实表明，操作起来并非易事，随后一个接一个的困难浮现出来。

整个工程在全面展开装修的战斗中，需要大量高级的装修技工。现有的技工不论在数量上或技术水平上，都不能满足需要，这样，工程进展又遇到了严峻的考验。

党委根据这种情况，决定开展大规模的多面手运动。

一方面鼓励群众破除迷信，解放思想，迅速掌握技术；另一方面组织有经验的老技工，总结先进操作方法，快速培养徒弟。

多面手们在老师傅的带领下，边学边干，边检查边修理，处处以最高的质量标准要求自己。

正当铺装 2.4 万平方米大理石的时候，需要大理石工几百人，而全工地大理石工包括"二把刀"在内只有 20 多人。

于是瓦工、木工都来学习铺装大理石，从"一旁站"到"试试看"，再到"铺大片"，不仅学会了技术，而且创造了新的铺装方法：先拼好花纹，编上号，然后再"对号入座"。这样做，既加快了进度，又保证了工程质量。就这样，人们以顽强的意志、充分的智慧以及集体的力量再一次克服了困难。

7 月上旬，室内装修工程基本完工，但是几乎所有房间都还有一些收尾工程需要完成。此时，距离工期只有一个月了。

这时，党委发现人们中间滋长了松劲的情绪，只看到大功即将告成，而没有看到收尾工程的战线还很长，而且项目繁多，还很零星琐碎。

根据这种情况，党委组织召开了群众大会，批评了干部群众中存在的松劲情绪，提出了突击收尾与竣工期间的战斗口号，指定了分层、分段、分房间的竣工负责人，并根据需要，配备以相当数量的由各协作单位的工

人组成的混合施工队伍，统一指挥，分片包干，一包到底，扫地出门。

为了避免分散力量和拖延工期，又决定把整个收尾工程分成几个战役，集中优势兵力，分批突击，完成一批、验收一批、再搞一批。

会后，领导干部深入现场，和工人一道，查漏项、查甩项、查修补、查材料，做到合理安排工序，共同制订收尾竣工计划，发动群众讨论问题，提出多快好省地完成收尾竣工的各项措施。

收尾工程战斗开始了，各工种工人有条不紊地展开了平行流水作业。一个房间扫地出门了，又进入另一个房间；一段完成了，又进入另外一段；一个战役结束了，又进入另一个战役。

恰在此时，下起了百年不遇的滂沱大雨。大会堂施工现场严重积水，交通运输非常困难，室内外工程互相干扰，这给施工带来了许多困难。

但在中央和北京市委的正确领导下，工程领导部门合理安排工序，加强交通管理，统一安排施工计划。许多干部还亲临前线指挥工作，整个工地上有一万多人和几百辆汽车，还有几十台大型机械。在有限的工作面上，干部职工冒着百年不遇的滂沱大雨，展开了千军万马的大会战。

经过半个多月的紧张战斗，整个人大会堂室内收尾竣工任务基本完成，紧接着便集中优势兵力突击室外庭园工程。

此时，从工程上撤下来的大批工具设备，还有清理出来的几万立方米的渣土，都需要运出去。另外，几万立方米的砂石和近万株花草树木，也需要同时运进来。

为了避免互相干扰，为了争取时间，在党委统一领导下，组成了"庭园大战联合指挥部"，制订了综合施工计划，做到合理安排工序，修建自来水、污水、雨水、煤气、热力等管线，架设广播、电讯、动力、照明等电缆，修筑道路和绿化庭园等工程。

领导干部亲临前线，指挥战斗。地面上施工的单位为地面下施工单位让路，力量雄厚的支援力量薄弱的，进度快的帮助进度慢的。

1959 年 9 月 10 日，人大会堂终于全部胜利竣工！

厅室装修与竣工验收

毛泽东为大会堂命名

1959 年 7 月份，人大会堂整体工程进入收尾阶段。7 月 25 日指挥部正式成立验收委员会，开始逐项、逐段、分期、分批地对各工区工程实施验收，以确保人大会堂安全地投入使用。

在验收过程中，委员们对工程的质量都比较满意。

8 月下旬，人大会堂的室内外装修、安装工程陆续地完工，不时有中央领导前来视察。

8 月 28 日，周总理和陈毅副总理在万里和赵鹏飞等同志陪同下，前来全面视察人大会堂工程。

9 月 3 日下午，万里、赵鹏飞同志又陪同刘少奇主席，前来视察人大会堂。

9 月 9 日凌晨 2 时 30 分，毛主席亲临人大会堂工地，在万里、赵鹏飞和张鸿舜等陪同下，从北大门进来，准备先看大礼堂。

毛主席走上大礼堂的二楼前端，注视着下面的主席台，忽然问道："人坐多了，楼层还安全吗？"

在场的同志都明白主席是在担心楼层的承重问题。万里同志急忙回答："报告主席，绝对没有问题。"

主席听后满意地点了点头。

毛主席又从大礼堂的二层来到北区二层的宴会厅。

他走上宴会厅的主席台，站在那里巡视着大厅四周的装饰与建筑，最后来到旁边的北京厅休息。

毛泽东走到北京厅坐下，询问身边的万里等人，有多少人参加施工工作，如何在这样短的时间内完成了这个工程等问题。万里等人都一一作了回答。

交谈中毛主席突然问："谁是这里的总指挥?"

万里介绍说："张鸿舜同志是北京市建工局的副局长，是这里的总指挥。"

毛主席看着张鸿舜问道："你是个内行，还是个外行?"

这一问，把大家都给问愣了，不明白主席问话的用意何在，张鸿舜也有些紧张地说："我是个外行。"

毛主席听后笑着说："你是外行领导内行，如果你是内行，这个任务我看你是不敢接的。"

大家听后都笑了起来。

最后，毛泽东说："这些同志不为名，不为利，却这样努力工作，应该给他们立一个纪念碑。但是人数太多，碑上也写不下这么多的名字。我们应该提倡这种不为名、不为利的共产主义精神。"

毛泽东给全体工程建设者以很高的评价，大家都感到非常欣慰。

这时，万里提出："主席，工程快完工了，可它还没有个正式的名字。过去周总理曾讲过，需要请毛主席命名。"

毛主席问："你们现在叫它什么？"

万里回答说："我们习惯叫它人大会堂，也有叫大会堂的。"

主席稍稍想一下，从椅子上站起来简洁地说了句："那就叫人民大会堂吧，因为它是属于人民的！"

说完，毛泽东主席健步走出北京厅，又走下宴会厅前面的大楼梯，从北门离开工地。这时已是凌晨 3 时 30 分。

从此，这座宏大雄伟的建筑，便有了自己正式的名字——人民大会堂。

庄严宏伟的人民大会堂建成

1959 年 9 月 10 日这一天，对全国人民来说，是个终生难忘的日子。因为这一天，庄严宏伟的人民大会堂建成了！

人们敲锣打鼓，载歌载舞，欢天喜地地庆祝这个令人兴奋的时刻。许多人抑制不住内心的欢喜，前去大会堂参观。

从竣工那天起，这座庄严雄伟的建筑就在中国人心中占据了一个特殊的位置。人民大会堂的建造不仅是全国人民的大事，许多海外侨胞也一直都在关注和支持着。

早在 9 月上旬，中宣部就要求北京市委写篇关于大会堂艺术风格的文章，向全世界宣布这一伟大工程的成功建造。

很快，吴晗就把这个任务交给了沈勃和《北京日报》。沈勃和张总工程师从工地收尾的繁忙工作中抽出时间，同《北京日报》的一名记者在绒线胡同市政府招待所经过两天突击，写出了《人民大会堂的艺术风格》一文的初稿，经设计组及设计院党委讨论修改后交给了吴晗。

吴晗审查、修改、校对后，《人民大会堂的艺术风格》于 9 月 25 日在《北京日报》发表。

9月26日，《人民日报》又对此文章进行转载。

建成后的人民大会堂气势宏伟，庄严壮丽，它与对面新建的革命历史博物馆及其左侧的天安门和右侧的正阳门，在布局规划上，四面各据一方，并构成了一个500米×900余米的举世闻名的雄伟、肃穆、开阔、明朗的天安门广场，且在广场中央偏南矗立着雄伟的人民英雄纪念碑。这一组完整的建筑群在不到一年的时间即神话般地展现在全世界人民面前，如此巨大的成就，使全世界为之震撼。

人民大会堂的平面为"凸"字形，工程采用现浇钢筋混凝土框架和钢层架结构。它高46米，长336米，宽206米，占地15公顷，总建筑面积17.18万平方米，比故宫全部建筑面积还要大。整个建筑周围有134根廊柱，向东的12根浅灰色大理石门柱，每根高25米，直径达两米，四个人手牵手才能环抱过来；正门顶上镶嵌着国徽，直径达4米，在黄绿相间的琉璃屋檐瓦的映衬下，金光闪闪，熠熠生辉。

人民大会堂内设置的万人大礼堂和5000人宴会厅，在当时的世界上，尚无如此规模的先例。

中部的万人大礼堂，是全国人民代表大会的主会场。会场宽76米，纵深60米，高32米，分上、中、下三层，可容纳1万人同时在此开会。屋顶钢梁重达600多吨，如此大空间、大承重，竟未用一根柱子，简直令人称奇。

万人大会堂的顶棚呈穹隆形，中心嵌有红宝石般的五星灯，周围辐射出 70 道光芒线和 40 个葵花瓣。灯光齐明时，500 个满天星灯好似满天星斗，与淡青色的壁板光辉相映，"水天一色"的灯火，犹如千万朵闪着金光的鲜花竞相绽放，煞是壮观奇妙。除了有声、光、电、空气调节等装置外，还在会场内设有各种现代化设备，如同声翻译 12 种语言的装置、暗装在建筑物中的转播电视设备和灯光等，除使大礼堂满足感官享受外，更具有实用性。

位于北部的宴会厅，是接待世界各国贵宾和友人的国宴活动场所。宴会厅顶面和回廊有彩画藻井，将大厅装扮得既轻松明快，又雍容典雅。它东西长 102 米，南北宽 26 米，在这里可同时举行 5000 人座席的宴会或 1 万人的酒会。

中央大厅是人民大会堂的枢纽部分，它南北长 336 米，东西宽 206 米，中央部分为 5 层，中心部分高度为 46.5 米，南北两翼为 4 层，高 31.37 米。中央大厅和四周上层回廊，可供人们在大会间歇时休息。夹着黑白花纹的桃红色大理石铺满地面，在洁白的墙面上映出一丝粉红；四周 20 根明柱和走马楼的栏板，全部用汉白玉砌成；石膏花饰贴金的梁枋和柱头，配上天花板下悬挂的 5 盏水晶玻璃大花灯，把大厅装饰得淡雅、宁静，气氛显得非常柔和宜人。

人民大会堂是集体智慧的结晶

从 1958 年 10 月 28 日正式动工，到 1959 年 9 月 10 日正式竣工并交付使用，人民大会堂的建造历时 10 个月零 13 天。

人民大会堂整个工程全部采用了我国自产自制的材料，贯彻了自力更生的国策方针。整个工程共绘制了 3600 余张正式施工图纸，如果计入方案草图、透视渲染效果图、初步设计和技术设计图、竣工图等，其图纸可达数万张。

在人民大会堂建筑中，来自全国各地的建筑英才会聚首都，高举青年突击队的大旗，上演了一幕幕热烈的劳动场景。随着工程任务的逐步展开，许多著名的青年突击队陆续汇集到人大会堂工地。

最先来到工地的是全国有名的胡耀林木工青年突击队、张百发钢筋工青年突击队、李瑞环木工青年突击队、丁庆云混凝土工突击队等，他们分别在各分指挥部，各工种中冲锋陷阵，并屡建战功。

张百发钢筋工青年突击队，一进入工地就与杨守成木工青年突击队带头提出了"开展夺红旗友谊竞赛"的倡议，各队立即响应，并召开了青年突击队竞赛比武大会。

张百发钢筋工青年突击队承担了人大常委会办公楼

工程绑扎钢筋的任务。该办公楼开工较晚，地基又处在辽金河道底，基础深达 9 米。张百发钢筋工青年突击队的第一个任务就是和另一个钢筋工队一起，在 16 天内绑扎完 680 吨基础钢筋。他们确定施工方案，合理划分流水段，采取分三段包干，并日夜突击，争分夺秒，提出了"技工 1 人带 10 人"等口号。

经过 300 多人奋战了 9 个昼夜，胜利完成了这项任务，使人大常委会办公楼的基础工程赶上了整个人大会堂的施工进度。

在人大常委会办公楼结构工程施工阶段，有一项任务的工期拖延了近 5 天，张百发钢筋工突击队为了把工期追回来，就和木工组共同商定，采取"见缝插针"的方法，把钢筋活挤在木工的间歇中干完。他们发扬了"留困难，送方便"的精神，让木工先把模板支完，自己采取白天预制绑扎成型，夜间往模板里放的办法，既保证了质量，又加快了进度，原计划 5 天绑一层钢筋，结果 3 天就完成了。

于是，总指挥部召开了现场经验交流会，开展了"学百发、超百发"的竞赛活动。

铺设大会堂木地板的工作量很大，李瑞环木工青年突击队接受了这项任务。他们不但独创了一套地板拼接的计算公式和放线新办法，而且还研究制成了推车式的地板刨，这就使工人刨地板时不用趴着或跪着干活，既改善了劳动条件，又大大提高了工作效率。宴会厅的拼花地板，原本需要 45 天工期，可他们只用了八天半就胜利完成任务。

在安装大理石和水磨石的任务中，几名女工自动组织起"刘胡兰青年突击队"。她们开展搬运石料的竞赛，每日定额为 250 块，马彩英第一天就搬运了 638 块，第二天王金茹又创造了搬运 640 块的最高纪录。每当遇到艰难任务时，很多团员和青年就自动组成"业余青年突击队"，突击完成任务。

在建设过程中，中央各有关部门，许多兄弟省、市和全国各有关单位，充分发扬高度的共产主义协作精神，给整个工程建设以极大的支援。

当工程开始建设的时候，就面临着施工技术力量不足，大批建筑材料和施工机具需要迅速调集入场，上千种、几十万件建筑配件和设备需要尽快加工制造等困难。由于建设人民大会堂的伟大意义同样鼓舞着全国人民，因此从全国四面八方都伸出了援助的手。他们说：为了首都建设，要人有人，要东西有东西。

在施工的 10 个月中，中央各有关部门，在国家计划委员会统筹安排下，也给予很多帮助，解决了许多困难。

冶金工业部和第一机械工业部大力组织了钢材生产和机械设备的供应。森林工业部调来了大批上等木材。铁道部拨出专车运送器材。建筑工程部从全国建筑企业抽调大批人员来支援。

18 个省、市、自治区先后派 7000 多名优秀的技术工人、技术人员前来参加建设。

解放军官兵、国家机关干部、学生、市民都纷纷赶来参加义务劳动，他们在施工中表现了高度的积极性，创造了许多动人的事迹。

23 个省、市的 200 多个工厂职工，极其热情地为人民大会堂赶制大批的建筑配件和设备，有的专为此现设工厂，有的一次又一次地试制新产品，有的甚至不惜改变原来的生产部署，力争提前完成加工订货任务。

鞍钢工人在为人民大会堂工程制造钢材时，特别小心在意，为了保证产品质量，往往要经过多次化验后才允许出厂。

上海灯具厂做好万人大礼堂直径 4 米多的红五星灯具后，工人们为了保护好它，便用 26 条棉被包装起来，护送到北京，并协助安装。

上海红光铜铁工厂接受制作大铜门的任务以后，连已经调到其他工厂的老工人也赶回来参加制造，最后由厂长、支部书记带领工人亲自到北京进行安装。

这种动人的事例，实在举不胜举。

人民大会堂正如毛泽东当初所希望的那样，真是一座由人民设计、人民建造、造福于人民的议政大厅。

梅兰芳登台试音效

　　人民大会堂的各项工程，虽经各类专家严格检查验收，中央领导视察后也比较满意，但指挥部对于挑台的安全和音响的效果仍然不够放心，他们主要考虑到，如果万人到大礼堂参加集会时，人流的活动和附属的设备，能否真正达到设计的预期效果呢？

　　因此，有人提议，最好能现场组织一万人到大礼堂观看一次精彩表演，进行一次全面的考验。

　　这个意见经万里与齐燕铭商量同意后，决定在9月10日正式竣工这天晚上安排一次大型活动。他们很快做出安排：第一项，作工程总结报告；第二项，演出精彩节目试试现场效果，也可作为对参加人民大会堂工程建设的全体工人和干部的一次慰劳。

　　关于演出节目，征求了工地建设者的意见。广大工人、干部普遍要求观看京剧艺术大师梅兰芳的演出。而这时候梅兰芳年事已高，平时已很少登台演出，但广大群众非常希望能看到他的精彩表演。

　　文化部门前去与梅兰芳商量，梅兰芳得知是在新建的人民大会堂举办的第一场演出，并且能为上万名建设者现场进行慰问表演时，他欣然答应了。

　　9月10日晚间7时，中央大厅和大礼堂热闹非常，一片欢声笑语。离正式开会还有一个小时，但大礼堂的座位早已坐满，有许多人不得不站在后面观看。他们都是这座宏伟殿堂的设计者、组织者和建设者。他们用自己的双手和辛勤的劳动，经过 320 个日日夜夜的艰苦奋战，克服了施工过程中的无数艰难险阻，终于如期向党和人民交上了一份满意的答卷。今天，他们又作为人民的代表，首先享用和检验他们自己创造的劳动成果，所以大家都来得特别早，心情也特别兴奋。

会议开始后，首先由人民大会堂建设工程总指挥张鸿舜作人民大会堂建设工程总结报告，万里和赵鹏飞也先后讲了话。

万里同志在大会上高度赞扬了广大工程技术人员和工人的首创精神，他说：

从去年十月二十八日工程正式破土动工，到今天为止，我们只用了 10 个多月的时间就胜利地完成了这一宏伟工程，这不仅在中国的建筑史上，而且在世界的建筑史上也堪称是一个伟大的奇迹。它的竣工再一次向世人表明，只有在伟大的中国共产党领导下，广大工人阶级才能够充分发扬主人翁的精神，战胜前进中的任何艰难险阻，才能够不断地创造出一个又一个人间奇迹。

在场的近万名建设者，听着万里同志的讲话，无不为之鼓舞、振奋，同时爆发出阵阵雷鸣般的掌声，巨大的共鸣声响彻整个大礼堂。这也成为当时的一个实地检测的项目，被有关专家同时记录在案。

会后，京剧艺术大师梅兰芳登台上演他的拿手好戏《贵妃醉酒》。梅兰芳以他65岁的高龄豪情满怀地在能容纳万人的人民大会堂的舞台上表演。

广大建设者们满怀胜利的喜悦沉醉在京剧大师精湛的表演之中。这真是一种舞台艺术与建筑艺术融为一体、交相辉映、同堂共赏的绝佳场景，对于在场的建设者来说真是一份双重的享受，令大家终生难忘。

梅兰芳对这次演出也相当满意。

周恩来也在百忙中抽出时间来到大礼堂，这时，人们已经退场。

周总理走进大礼堂，视察着前台和后台，又来到二楼观众席上坐了一会儿。他详细地询问参加晚会的人数、演出时的灯光效果和演出效果，还有各种附属设备设施的运转情况等。当他得知人民大会堂的工程设施是经得住考验的时候，周恩来总理才十分高兴地离开人民大会堂。

关山月和傅抱石为大会堂作画

1959 年 4 月底，关山月接到通知为人民大会堂作画，以迎接建国十周年大庆，他感到非常荣幸。

5 月初，关山月和当时任江苏画院院长的傅抱石分别前往北京接受任务，并到人民大会堂作现场考察。

周恩来总理亲切召见了关山月和傅抱石，一起商谈为大会堂作画的事。当时，关山月和傅抱石都感到十分迷茫，不知道作什么画才配放在人民大会堂。周恩来总理为他们提供了画的题材，表现内容为毛主席的词《沁园春·雪》。同时周恩来总理提供了作画的创意：整个画面要表现出我们伟大祖国的风貌：近景是江南青绿山川、苍松翠石；远景是白雪皑皑的北国风光；中景是连接南北的原野，而长江和黄河则贯穿整个画面。

周恩来还对两位画家说，应该把创作这幅画看作一项政治任务来完成，并决定把作画的地点选在故宫中。

关山月和傅抱石接受任务后，便开始构思画的草图。在两个月的时间里，两人每天都在一起研究、交流，并互相提意见和反复修改草图。傅抱石和关山月认真研究了几天，画出了小稿，并送给周总理审核

周总理看了画稿以后，对两位画家说："画面还要画上红太阳，体现'东方红，太阳升'之意。"

小稿通过后，关山月和傅抱石开始全面作画。荣宝

斋特制一米多长大笔和排笔，并用五六个大号脸盆作为调色盆。宣纸是用乾隆年间存下来的厚古宣，足有铜钱那么厚，他们用的笔最大像笤帚那么大。关山月画前景松树和远景长城雪山，流水瀑布则由傅抱石来画。

周总理尽管很忙，还是两次抽空来看画。创作即将完成时，关老他们专门请总理来提意见。总理看到即将完成的巨幅国画，高兴地走上前和两位画家握手道谢，然后笑着说："画面上这个太阳小了点儿，是不是可以再画大些？"总理望着两位画家，又说："如果这幅画悬挂起来，这个红太阳肯定显示不出它的雄伟，其象征意义也就显示不出来了！你们看，我说的对不对？"

关山月和傅抱石画的红太阳原来只有排球那么大，确实是小了一点，听了周总理的意见后，他们立即动手修改，将画幅扩大到宽9米、高6.5米，画中的太阳也加大了一倍。他们不分昼夜地工作，经过一个多月的紧张创作，《江山如此多娇》这幅巨画便基本完成了。

接下来便是题词和盖章。毛主席题写"江山如此多娇"六个字，张正宇教授用了一个通宵时间放大描摹在画面上，画上的印章"江山如此多娇"则由齐燕铭刻成。

巨作《江山如此多娇》终于装裱完成，赶在国庆十周年的盛典之前挂在了新落成的人民大会堂的正厅之上，充分表现了新中国的时代主题。

人民大会堂是中国建筑史上的创举

20世纪50年代末，中苏关系趋于恶化，赫鲁晓夫在自夸其"土豆烧牛肉"式的共产主义同时，却大肆攻击中国"穷得没有裤子穿"。

因此，当年中共中央在北戴河召开会议时，提出要在经济建设方面有所突破，要搞几项经典工程，向世界证实中国的新面貌及经济实力。可以说，50年代的十大建筑，是有鲜明的政治背景的。

赫鲁晓夫得知人民大会堂仅用10个月就建成的消息时，他迫不及待地与驻北京苏联大使馆联系，询问是否属实。使馆人员答复他说："我们都是亲眼看见工程天天节节上升，拔地而起，现在已巍然屹立在天安门广场上了！"

赫鲁晓夫仍然半信半疑，不以为然。第二年，赫鲁晓夫来北京访问，亲临现场之后，在事实面前，他终于心悦诚服了。

而就在同期，其他国家的建筑建设进展却是：纽约联合国总部大厦用了7年，日内瓦"万国宫"用了8年，比"十大建筑"只晚一年开工的悉尼歌剧院则足足建了14年。

由中国人自行设计，仅用10个月就竣工的人民大会堂，简直是中国建筑史上的一大创举。

人民大会堂具有很高的使用价值，以后的历届全国人民代表大会和全国政协会议，以及重要的国事访问都在这里进行，几乎每时每刻，都成为无数镜头的焦点。

周恩来总理在庆祝建国十周年会上，对人民大会堂给予高度评价：

北京的人民大会堂这样大的建筑只用了 10 个多月的时间就建成。它的精美程度，不但远远超过我国原有同类建筑的水平，在世界上也是属于第一流的。

七、 正式启用与发挥职能

●1959 年 9 月 28 日、29 日，中华人民共和国
建国十周年庆典在人民大会堂举行。

●1960 年 1 月 1 日，元旦团拜会在人民大会堂
宴会厅举行，刘少奇、周恩来、朱德、邓小
平等党和国家领导人及各界代表 5000 人
参加。

●1960 年 3 月 30 日下午 3 时，第二届全国人民
代表大会第二次会议在新建成的人民大会堂
隆重开幕。

在人民大会堂举行建国十周年庆典

1959 年 9 月 28 日、29 日，中华人民共和国建国十周年庆典在人民大会堂举行。毛泽东主席、刘少奇主席、周恩来总理、朱德委员长、邓小平总书记等党和国家领导人全体出席。应邀出席的还有社会主义国家党政领导人，亚洲国家元首或政府首脑率领的政府代表团，兄弟党的领导人及国际组织的代表团团长等 83 个国家、地区的贵宾和国际友人。人民大会堂迎来了它的第一批客人，向世界敞开了友好的大门。

这是在人民大会堂举行的第一次万人大会。

9 月 30 日晚，毛泽东主席、刘少奇主席、周恩来总理、朱德委员长以及宋庆龄、董必武在大会堂宴会厅举行国宴。我国政府成员、各国贵宾、国际友人及各界代表 5000 余人出席。

在国宴上，周恩来致欢迎词，苏共中央第一书记、苏联部长会议主席赫鲁晓夫也作了致答词。宴会持续了两个多小时，整个会场气氛平和而热烈。

这是在人民大会堂宴会厅举行的第一次国宴。

10 月 3 日，在人民大会堂举行了盛大的国庆十周年晚会。有 100 多位外国国家领导人观看了这场盛大演出。

这场晚会非同寻常，它展示的是新中国短短十年来所取得的伟大成就，以及中国人民昂扬的风貌，集中了当时最具有时代精神的一批优秀节目：

有李德伦指挥的 500 人大型交响乐，有李志民上将指挥的《将军大合唱》，有著名演员李少春领衔主演的京剧《大闹天宫》，有张君秋、叶盛兰、杜近芳排演的剧目《西厢记》，有梅兰芳、李少春、李和曾、袁世海主演的《穆桂英挂帅》，还有民族舞剧《宝莲灯》，以及著名歌唱家郭兰英的独唱、大合唱《祖国颂》等。

鲜为人知的是，这场晚会的艺术总监是由周恩来总理担任的。《祖国颂》是建国 10 周年晚会的压轴节目，所以由周恩来亲自审定。

当时周恩来一听，就说："这歌很好，在建国十周年的时候，唱出这样的歌曲来，有这样的国家的气魄，有这样战斗的、火热的、充满着激情的歌曲，非常好，我看这个可以。"

于是，他特意邀请 33 岁的著名指挥家胡德风先生为大合唱《祖国颂》的首场登台表演。

这次演出非常成功，现场不断响起热烈掌声。

人民大会堂通过这次正式考验，表明这项工程的圆满成功。它没有辜负几万建设者和全国人民的期望，肩负起了时代的重托，担负起了伟大的历史使命。

人民大会堂成为中国政治活动中心

1959 年 9 月 8 日上午，在周恩来总理的陪同下，阿富汗国副首相兼外交大臣萨达尔·穆罕默德·纳伊姆前来参观万人大礼堂。此时的人民大会堂刚刚建成不久。萨达尔·穆罕默德·纳伊姆成为第一位进入人民大会堂的外国首脑。

人民大会堂以后逐渐成为我国领导人接见外宾的主要场所，成为我国外事活动的中心。人民大会堂带着中国人民爱好和平的美好愿望，迎来了遍及全球的朋友，浇灌了一朵朵绚丽多彩的友谊之花，向全世界展现了伟大中国的风采，成为举世闻名的重要外交场所。

1959 年 10 月 26 日，全国工业、交通运输、基本建设和财贸方面社会主义建设先进集体和先进生产者代表大会在人民大会堂举行，国家主席刘少奇等党和国家领导人，在人民大会堂亲切接见了来自全国各条战线的劳动模范。由于参加会议的都是各条战线的劳动模范，人们形象地称之为"群英会"。

1960 年 1 月 1 日，元旦团拜会在人民大会堂宴会厅举行，刘少奇、周恩来、朱德、邓小平等党和国家领导人及各界代表 5000 人参加。这是新中国的第一次元旦团拜会。

1961 年 1 月 14 日，中国共产党第八届九中全会在人民大会堂的万人大礼堂隆重开幕。这是中国共产党首次在人民大会堂召开的中央全会。

随后，决定中国革命和建设进程的党的历届代表大会，以及著名的"七千人大会"、十一届六中全会、十三届一中全会和三中全会等，均在这里举行。

团结各界人士共商国是的中国人民政治协商会议，1962年3月23日在人民大会堂召开了三届三次会议。以后的历次全国政协会议都在这里举行。

人民大会堂还经常举行内容丰富、形式多样的群众活动，成为人民群众重要的集会之地。如元旦、春节团拜会、"三八""五一""五四""七一""八一""十一"等大型庆祝活动；工、青、妇代表大会；工交、财贸、基建群英会；教育、科学大会、文代会等一系列全国性会议和重要的纪念会，均在这里举行。

人民大会堂的大礼堂及小礼堂在节日举行庆祝或联欢活动时，都有文艺演出。著名的大型音乐舞蹈史诗《东方红》就是在大礼堂进行首场演出，并连续上演了数十场。

在国际比赛中载誉归来的体育健儿和艺术家，也在这里受到中央领导人的接见。

人民大会堂还是中国的新闻采访活动中心。这里经常举行新闻发布会和中外记者招待会，使全国和世界通过新闻媒介，及时了解当代中国的形势和内外政策。

人民大会堂凝聚了国家和人民的愿望，诞生了新中国发展进程中一个又一个重大决策，记载了社会主义中国发展进程中勃发的、艰难的、反思的、改革的历史，成为世界瞩目的地方。

人民大会堂逐渐成为中国最重要的政治、经济、文化、外交活动中心。

在中国共产党十一届三中全会以后，人民大会堂对外开放，每天都接待成千上万名来自祖国各地和全世界的中外宾客，成为建设具有中国特色的社会主义物质文明和精神文明的窗口。

随着我国改革开放的发展，人民大会堂必将发挥出更大的作用。

全国人大常委会正式入住人民大会堂

1959 年，壮观巍峨的人民大会堂建成，最高国家权力机关的常设机构——全国人民代表大会常务委员会，正式迁入人民大会堂南段办公。

担任第七届人大委员长的万里，提出一系列关于全国人大制度化建设的改进措施，还提出要给"中华人民共和国全国人民代表大会常务委员会"挂牌。

不久，一块橙色底白字的牌子就挂在人民大会堂南段的办公区里。自此，常委会委员长等领导人，秘书局、机关党委、外事局等机构就在人大会堂南端开始办公。

全国人民代表大会常务委员会在中华人民共和国全国人民代表大会闭会期间，是行使最高国家权力的常设机关。具有两个显著特征：

一是拥有相当大的权力。根据宪法的规定，行使立法权，决定国家的重要问题，任免和决定国家机关领导人员，监督国家机关工作，并行使全国人大授予它的其他职权。

二是与中华人民共和国主席结合起来行使国家元首的职权。但同时必须对全国人民代表大会负责，并接受它的监督。它不具有超越全国人大的权力。全国人大常委会委员由全国人大选举产生。

　　中华人民共和国全国人民代表大会常务委员会由委员长、副委员长、秘书长组成委员长会议，负责处理日常重要工作。委员长主持全面工作，每两个月召开一次常务委员会会议 。

　　常务委员会设办公厅，在秘书长领导下工作，下设若干机构，处理日常事务。

　　全国人民代表大会常务委员会无论是行使权力，还是召开会议等，均在人民大会堂进行，充分体现了人民大会堂的职能作用。

首次在人民大会堂召开人代会

1960 年 3 月 30 日下午 3 时，第二届全国人民代表大会第二次会议在新建成的人民大会堂隆重开幕。

人民大会堂迎来它的第一个全国人民代表大会。

在庄严肃穆的人民大会堂，共有 1072 位代表出席会议。

毛泽东主席，刘少奇主席，宋庆龄、董必武副主席，朱德委员长和周恩来总理等党和国家的领导人，都出席了会议。

当他们进入会场登上新建的主席台的时候，全场起立，长时间地热烈鼓掌。

在主席台上就座的，还有国务院副总理陈云、林彪、邓小平、贺龙、陈毅、乌兰夫、李富春、李先念、聂荣臻、薄一波、陆定一、习仲勋，最高人民法院院长谢觉哉，最高人民检察院检察长张鼎丞和大会主席团的成员。

出席中国人民政治协商会议第三届全国委员会第二次会议的全体委员，国务院的组成人员和中国人民解放军的高级将领，列席了会议。

下午 3 时，朱德委员长宣布中华人民共和国第二届全国人民代表大会第二次会议开幕。

这时，全场起立，热烈鼓掌，乐队高奏国歌。

国务院副总理兼国家计划委员会主任李富春，代表国务院向大会作关于 1960 年国民经济计划草案的报告，并且号召全国人民进一步开展技术革新和技术革命运动，为完成和超额完成今年发展国民经济的计划而奋斗。

紧接着，国务院副总理兼财政部部长李先念走到台前，作关于 1959 年国家决算和 1960 年国家预草案的报告。

再接着，中共中央书记处书记、国务院副总理谭震林向大会作"为提前实现全国农业发展纲要而奋斗"的报告。

最后，国务院总理周恩来就目前国家形势和中国对外关系问题讲了话。

在新建成的人民大会堂里，各位人大代表都怀着喜悦和激动的心情，积极发表意见，商讨协商各项事宜。

这次会议通过了 1960 年国民经济计划，1959 年国家决算和 1960 年国家预算的决议。决议批准了李富春、李先念两位副总理向大会作的报告。

这次会议共持续了 10 天。4 月 10 日下午 3 时，举行了闭幕式。

此后，全国人民代表大会的历届历次会议均在这里举行。全国人大的常委会会议、全国人大常委会委员长会议也都在这里召开。

人民大会堂这座雄伟壮观的大厦，逐渐被人们看作全国人大的象征，充分体现了它的崇高地位与伟大价值。

本书主要参考资料

《天安门广场断代史》吴伟 马先军著 新华出版社

《风雨天安门》曹英等编 团结出版社

《国史全鉴》本书编委会编 团结出版社

《人民大会堂建成仅用 380 天》北京日报

《天安门广场风云录》金岸编著 改革出版社

《天安门见证录》文夫编著 中国言实出版社

《聚焦人民大会堂》金圣基主编 中共党史出版社

《人民大会堂见闻录》何虎生编著 中共党史出版社

《中国现代史资料选辑》彭明主编 中国人民大学出版社

《天安门广场历史档案》树军编著 中共中央党校出版社

《共和国五十年珍贵档案》中央档案馆编 中国档案出版社

《北京名胜古迹辞典》北京市文物事业管理局编 北京燕山
　　出版社